Wolfgang Krebs

Bayern-ABC

Wolfgang Krebs

Bayern-ABC

rosenheimer

Inhalt

Vorwort

Liebe CSU-Wähler, liebe Nicht-Bayern!

So beginnt eine Stoiber-Rede, die der echte Stoiber nie gehalten hat, wohl aber sein Double, also ich. Ich komme viel herum in diesem schönsten aller Freistaaten, und ich merke, dass es kein Klischee gibt, das nicht fest in der Realität verankert wäre.

Mit diesen vielen Erfahrungen, Eindrücken und Erlebnissen habe ich vielen etwas voraus. Den Bayern und den Nicht-CSU-Wählern.

Damit sich die Eingeborenen besser in ihrem Heimatland auskennen und damit sich die Nicht-Bayern besser zurechtfinden – dafür gibt es dieses Buch.

Weil alles eine Ordnung braucht, hält sich diese Bayern-Gebrauchsanweisung ans Alphabet und listet die wichtigsten Punkte von A bis Z übersichtlich nacheinander auf. Und weil sie MEINEN Erklärungen vermutlich nicht allzu viel Glauben schenken würden, kommen prominente Experten zu Wort: Stoiber, Seehofer, Söder, Beckstein, sogar Ude (wenn Sie sich an den noch erinnern). Aber nicht nur die Theoretiker teilen ihr Wissen mit Ihnen, sondern auch die Praktiker: der Vereinsmeier Schorsch Scheberl, der Allgäuer Frauenbesteher Rainrr und Waldemarie Wammerl, die Vorsitzende des Interessenverbands für Verbandsinteressen der Interessenverbandsfrauen (IFVIFV).

Sie alle wollen Ihnen die Sitten und Gebräuche nahebringen, die Sie kennen müssen, wenn Sie Bayer werden oder bleiben wollen.

Lesen Sie, staunen Sie, lernen Sie und beherzigen Sie! Tragen Sie das Nachschlagewerk am besten immer bei sich! In Bayern gerne offen, im nichtbayerischen Teil der Welt am besten gut versteckt zwischen Laptop und Lederhose.

Viel Vergnügen von A bis Z wünscht Ihnen Ihr

Wolfgang Krebs!

Und die anderen auch …

Allgäu, das

Das Allgäu ist nicht nur meine (Wahl-)Heimat, sondern auch eine der schönsten Gegenden Bayerns. Gleichwohl vermissen die Allgäuer die Wertschätzung, die sie ihrer Meinung nach verdient haben. Das liegt daran, dass das Allgäu im Regierungsbezirk Schwaben liegt, und das wird von vielen Bayern nicht mehr als Bayern wahrgenommen. Die Sprache …

Im Osten wird das Allgäu begrenzt durch den Lech. Wird er überschritten, ändert sich schlagartig die Mundart. Schwäbisch halt. Die anderen Grenzen sind nicht genau zu benennen. In korrekter Beschreibung liest sich das etwa wie folgt: Das Allgäu ist eine Landschaft und Teilregion Oberschwabens, die sich über den südlichen Teil des bayerischen Regierungsbezirks Schwaben, das äußerste südöstliche Baden-Württemberg sowie einige zu Österreich gehörende Grenzgebiete erstreckt.

Schön blöd. Den meisten Bayern bedeutet das Allgäu so viel wie den Österreichern Vorarlberg. Die versteckte Botschaft an die Nachbarn: Wenn ihr's wollt, könnt ihr's haben … Die Allgäuer Alpen gehören ohnehin zur Hälfte Österreich, und die Bezeichnungen Oberallgäu, Ostallgäu und Unterallgäu sind sehr jung und wurden von Bürokraten erfunden.

Quasi als Ausgleich für diese geschundene und wunderschöne Region habe ich zwei meiner Bühnenfiguren dort angesiedelt und ihnen die seidige Sprache der Region mitgegeben.

Die erste der beiden bedauernswerten Kreaturen ist Meggy Montana, der schlechteste Schlagersänger der Welt, der andere ist drr Rainrr, der Allgäuer Langzeitsingle. Bei seinem ersten Auftritt in »Grünwalds Freitagscomedy« stellte er sich folgendermaßen vor:

RAINRR: (ins Publikum) Kloi Moment, i hobs glei! (Schreibt in den Laptop:) »… und so hoffe ich, liebe Cinderella68, dass i di bald zu einem Kapputschinio … zu einem Kabbuziano … zu einem Kaffee einladen derf, vielleicht scho …« – Wie schreibt ma jetzt »demnexschd« … – Weiß scho … d-e-m-n-e-x-sch-d. »Freue mich auf einen heißen Abend mit dir, dein Drachentöter«. Enter und ab damit zum Paarschiff.

Ja, ihr habt's gemerkt, ich paarschiffe. Eigentlich scho ziemlich lang. Vor Kurzem ham s' mir den LZS-Status verlieren, LZS steht für Langzeitsingle. Die haben geschrieben, i bi wia die deutsche Autobahn-Maut. Schwer zu vermitteln.

Abrr i geb die Hoffnung it auf. Wissad dr, i bi aus Geierwang, da isch der Männerüberschuss gewaltig, weil die Frauen alle wegziehen. Die fliehen richtig. Vermutlich vor di Männrr.

Aber i hau an guta Ratgebrr, den Lederle-Joe. Kennt ihr dean? Den Frauenbesteher von Geierwang? A Supertyp! Der reißt die Weiber reihenweise auf, wie ein Herzchirurg. Allein schon sei Aufreißer-Satz: »I bin der Sohn vom greaschta Bauern im Landkreis, 300 Stuck Vieh, was sagsch jetzt?« – Gut, der passt jetzt it so richtig auf mi … I misst dann saga: »I bin der Sohn vom Friseursalon Marion, da wo jetzt der Asia-Imbiss drin isch.« (Verlegen) Hab i ein paar Mal probiert …

Redma nimmr drüber.

Wenn i mich da herin so umschau … da kenn i doch a paar? Vom Paarschiff? Du da vorne, du bisch doch der »Einsame Wolf 57«, oder? Und daneben, dei Kumpel, des isch doch der »Easy Rider weißblau«? I kenn euch alle, euch Brüder!

Aber ich sage euch, die Hoffnung stirbt zuletzt! Gut, bei uns in Geierwang, da ischt die Hoffnung … vielleicht schon tot, aber trotzdem sag i euch: Lasst nix hänga! Wedr die Hoffnung noch was anderes!

Schaut MICH an! I bi zwar Single, aber i hau jeden Tag Sex! Blöderweise ist kein Zeuge dabei, der das bestätiga könnt …

Der Lederle-Joe, der sagt immer: Des ka it sein, dass da gar nix weitergeht mit dir, die Männer sind doch den Frauen überlegen! Wie sagt er immer? Warum hat eine Frau ein größeres Gehirn als ein Schwein? Damit sie nicht aus dem Putzkübel sauft!

Heute also Tipp 1 vom Lederle-Joe, dem Ladykiller von Geierwang: Hartnäckig sein. Nie entmutigen lossa. Nia aufgeben!

Nehmen wir folgendes Beispiel, i verrat it zu viel, wenn i sag, dass i da a bissle aus eigener Erfahrung … also aus dem eigenen Nähkäschtla … varschtosch …

Also, einsamr Wolf und Easy Rider, losat amol! Auf Deutsch heißt des zulosen. Also zuahera! Angenommen, ihr seid in einem angesagten Club mit lauter Premium-Hasen. Also bei uns wär des Freitagabend im Nebenzimmer vom Lkw-Imbiss zum Toten Pferd in Geierwang, da, wos sonscht immr schafkopfat. Aber am Freitag, da legt der DJ Albrrrt auf, also die richtig heißen Scheiben … Boney M., Bussycat und die Flipprrrs.

Und da seht ihr die Babsi am Spielautomaten, die vo dr Kasse vom Getränkemarkt, wo früher mal dia Tankstelle war. Also nix wie hin, lässig aufbaue, dr Pullunder grad zieha, grader Blick in die Augen, und dann kommt der Eins-A-Aufreiß-Spruch vom Lederle-Joe: Ha! Pass auf: »Na, schöne Frau, wie wär's, wenn wir z'samma a heiße Polin aufs Jackett legen, äh, a Sohle untrrs Parkett, äh, aufs Holz legen? … Ja guat, i bi halt au a wenig aufgregt.«

Guat, die Antwort vo dr Babsi war so ähnlich wie »Schau, dass die schleichsch, du diplomiertr Profi-Langweiler, und erschreck dussa dia kloina Kindrr mit deim Freddy-Krüger-Gsicht!«

Wie lautet der Rat vom Lederle-Joe? Immer a zweite Frog stella: »War das jetzt ein Ja oder ein Nein?«

(Schaut auf den Laptop-Bildschirm.)

Oh, eine Antwort. Von Cinderella68 (liest) … Isch vielleicht ganz gut so, denn so ein Kapputschinio koschtet ja ein Vermögen. Bis bald, wir sehn uns im Netz, servus!

Amigos, die

Damit sind nicht die Schlagerbrüder aus dem Hessischen gemeint. Die gaben sich diesen Namen 1970, als das Wort noch nach Fernweh und nicht nach Zahnweh klang. 1993 wurde der damalige bayerische Ministerpräsident Max Streibl in einen Skandal verwickelt, der als »Amigo-Affäre« bekannt wurde. Er soll von Industrieunternehmen Zuwendungen bekommen haben, darunter auch Urlaube in Brasilien. Um den Vorfall herunterzuspielen, eröffnete er seine Passauer Aschermittwochsrede mit »Saludos Amigos!« Ein schauerliches Beispiel dafür, wie man mit Humor das Gegenteil erreicht. »Amigos« gibt es überall da, wo es um Macht und Geld geht, aber nur in Bayern heißen die Amigos Amigos.
Edmund Stoiber (in MEINER Darreichungsform) erinnerte anlässlich des G7-Gipfels 2015 an die Streiblschen Amigo-Zeiten:

EDMUND STOIBER: Überhaupt, der G7-Gipfel. Im Vorfeld hab ich mich noch gefreut. Ich hab zum Innenminister Herrmann gesagt: Pass auf, Joachim, da kommen die Chaoten. Lauter gewaltbereite Extremisten, die Drogen konsumiert haben, und vor nichts zurückschrecken. Darauf der Herrmann: Aha, ein Junggesellenabschied!

Der Herrmann ist international total unerfahren! Und was kam raus? Die Chaoten sind auf ihrer Zeltwiese bei Garmisch im Gewitter abgesoffen oder haben sich von Einheimischen mit Apfelstrudel bestechen lassen. Erst anreisen und dann keine Steine schmeißen!

Wofür haben wir da 50 000 Polizisten hingestellt? Aber eins sag ich euch, liebe Freunde, das stellen wir den Linken in Rechnung!

(Schwärmt:) Wenn früher in München G7 war, da durfte die Polizei die Demonstranten damals noch im Marienhof einkesseln und über mehrere Stunden dort festhalten und verprügeln! Der Münchner Kessel …

Des warn noch Zeiten, damals hatten wir an Bayerischen Ministerpräsidenten, der so seriös war wie der Sepp Blatter: Max Streibl, der alte Amigo, keiner kann sich mehr an den erinnern.

Und der Streibl hat damals gesagt: Wenn einer glaubt, sich mit Bayern anlegen zu müssen, dann muss er wissen, dass hartes Hinlangen bayerische Art ist.

Weil man den 480 festgenommenen Demonstranten nichts nachweisen konnte, haben 114 davon in letzter Instanz dann noch ein Schmerzensgeld von 50 Mark bekommen. Und das sind heute 3 Euro.

Das waren noch Zeiten. Da waren die Demonstranten noch hart, und nicht so Weicheier wie heute! Heute rollen die doch ihre Yogamatten ein, wenn's nieselt.

Auch die »Drei von der Landtagskantine« erinnerten sich an die seligen Max-Streibl-Zeiten. Einmal in der Woche treffen sich drei bayerische Spitzenpolitiker auf Bayern 3 in der Kantine und lassen sich von mir ein Gespräch in den Mund legen. So wie dieses:

STOIBER: Mahlhorst, mein lieber Zeit! Äh … beziehungsweise umgekehrt …

SEEHOFER: Ich hab's schon verstanden, Edmund. Mahlstein, mein lieber Beck! Jetzt fang ich schon selber an zu stoibern …

BECKSTEIN: Mahlzeit Männer! No? Aa a weng do?

SEEHOFER: Diese Franken machen mich wahnsinnig …

STOIBER: Mein lieber, äh, Zeithofer, ich hätte da ein paar Kirschen mit dir zu rupfen! Was lese ich denn da im Radio? Du gibst dich geschlagen? Die Wahl verloren? Vom politischen Gegner zermalmt?

SEEHOFER: Ich habe mich lediglich von der absoluten Mehrheit verabschiedet. 50 plus X ist nicht mehr zu schaffen.

BECKSTEIN: Menschenskind, Horst! Sei doch net so bessimistisch! Jetzt bist scho 60 bluss X! Des schaut doch alles nuch ganz guud aus!!

SEEHOFER: Ich rede nicht von meinem Alter, sondern vom Wahlergebnis! Was da jeden Tag über uns in der Zeitung steht, das ist doch desaströs!

BECKSTEIN: Ach so! Die Wahl! An die hobbi gar nimmer gedacht. Naja, ich bin ja aa ka Minsterpräsent mehr …

STOIBER: Mein lieber Seehechter, ich darf dir da einmal … ganz kollegial … in die Kerbe treten: Schau! Als ICH Ministerpräsident war … damals, im ehemaligen Bayern … da war die absolute Mehrheit ja immer wie eine glodernde Lut! Also quasi immer eine verlässliche Größe. Wie die Schwerkraft!

SEEHOFER: Ja damals! Da hat's kein Rauchverbot gegeben, keine Grünen, keine freien Wähler, keine Skandale!

STOIBER: Da, äh, täuschst du dich, äh, Ihnen! Es war alles schon da, vielleicht mit Ausnahme des Raucherboots. Des Räucheraals. Des Steckerlverbots. Und wenn ich da an die Affären und Skandale denke! (Leicht schwärmerisch und stolz:) Ha, das waren noch Zeiten!

BECKSTEIN: Do hodder fei recht, der Edmund! Weddernei, da hammer's krachen lassen!

STOIBER: Es hat sogar noch MEHR Skandale gegeben als heute! Amigos und Bestechung, so weit das Auge hört! Was schließt du daraus?

SEEHOFER (begreift)**:** Je weniger Skandale, desto weniger Wählerstimmen …

STOIBER: Eben! Ich zähl auf dich …

SEEHOFER (begeistert)**:** Saludos Amigos!

Atomkraft, die

Im Jahr 1957 begann in Deutschland das Zeitalter der Atomkraft – und zwar in Bayern. In Garching. Hier stand und steht das erste Atomkraftwerk Deutschlands. Heute gibt es davon in Bayern noch sechs. Abgeschaltet werden sie zwischen 2015 und 2030 – und wenn es nach einigen Politikern geht, dann nie. Erwin Huber zum Beispiel sorgt sich um die Arbeitsplätze in seinem Wahlbezirk und würde die Atommeiler so lange wie möglich am Netz lassen, lehnt aber Endlagerplätze in Bayern ab. Wer meint, diese Logik sei typisch bayerisch, der irrt. Sie ist noch nicht einmal typisch huberisch. Sie ist typisch menschlich.
Zum Thema Atomkraft hat sich (mein) Edmund Stoiber in einer Brandrede wie folgt geäußert:

EDMUND STOIBER: Natürlich kommt Bayern für ein Endlager nicht infrage. Geologisch gesehen vielleicht schon. Und natürlich haben wir über Jahrzehnte Atommüll in Bayern produziert. Aber wir haben eben auch Jahrzehnte Länderfinanzausgleich gezahlt. Und wer hat den bekommen? Niedersachsen! Also sozusagen der Salzstock Deutschlands!

Außerdem haben die da das Know-How. Wenn man sich mal anschaut, wer kommt aus Niedersachsen? Gerhard Schröder, Christian Wulff. Das heißt: In Niedersachsen ist man geübt im Umgang mit problematischen Altlasten!

Außerdem brauchen wir unseren bayerischen Boden selber, um darin Erdkabel zu verlegen. Um den Strom aus den niedersächsischen

Windrädern irgendwie zu uns zu bekommen! Und das bedeutet: Wenn die Preißn uns mit ihrem ganzen Windstrom schon dazu zwingen, Stromkabel durch unsere bayerische Erde zu legen, dann sollen sie wenigstens unseren Atommüll in ihren Salzstock packen.

Wir haben in Bayern nur einen Salzstock, und das ist der in Bad Reichenhall! Und da laufen jedes Jahr Tausende Touristen durch, da kannst du keine Castoren dazulegen!

Überhaupt, die Castoren. Bayern soll ja jetzt Castoren zurücknehmen, die aus der Wiederaufarbeitungsanlage in Frankreich kommen.

Mit der Wiederaufarbeitung kenne ich mich aus: Ich habe mich wieder und wieder aufgearbeitet als Parteivorsitzender und Ministerpräsident, und was war der Dank? Der Beckstein und der Huber haben mich hinterrücks aus dem Amt gejagt!

Wenn im engsten Kreis der Parteiführung jemand gegen dich agiert, was ist das dann? Das ist doch Kernspaltung, liebe Freunde der Kettenreaktion. Jedenfalls, die Castoren haben wir zur Wiederaufarbeitung nach Frankreich geschickt, und jetzt sollen wir sie zurücknehmen.

Aber wenn diese Müllfässer aus Frankreich nach Bayern gefahren werden, dann kommen sie je nach Strecke entweder über Nordrhein-Vandalen oder übers Saarland und weiter über Hessen oder Baden-Württemberg. Das sind doch lauter sichere Drittländer! Alles sichere Herkunftsländer. Da können die bleiben!

Auto, das

Das Automobil ist, wie alle anderen weltbewegenden Erfindungen auch, eine Errungenschaft aus Bayern. Carl Benz und Gottlieb Daimler, zwei Baden-Württemberger, werden von ahnungslosen Historikern zwar als Urheber genannt, aber die Wahrheit ist: Das Auto kommt aus Bayern, und zwar aus Coburg in Oberfranken. Die Maschinenfabrik A. Flocken baute das erste Elektroauto, folglich das Automobil der Zukunft.

Zwei der großen drei deutschen Automarken haben ihren Sitz in Bayern. Da haben wir zunächst die Audi AG in Ingolstadt. In Zwickau gegründet, das sei der Fairness halber mitgeteilt, aber erst in der Geburtsstadt Horst Seehofers zu voller Form aufgelaufen. Der Name klingt fränkisch, ist es aber nicht. Nach dem Ausscheiden aus der ursprünglich gegründeten Firma, die seinen Namen trug, übersetzte August Horch für eine Neugründung seinen Namen ins Lateinische. »Horch« heißt auf Fränkisch »Höre«, und das wiederum auf Lateinisch »audi«.

Der Marktführer heißt BMW (Stand: 2015–2055). Auch dieses Unternehmen hat seine Wurzeln irgendwo im Osten, gilt aber seit Jahr und Tag als ur-bayerisch. Das Auto ist also nicht nur Schwungrad der bayerischen Industrie, sondern auch Symbol. Für fast alles. Sogar für Europa. Weiteres erklärte Edmund Stoiber in einer Folge von »Grünwalds Freitagscomedy«.

(Eine Autowerkstatt. Stoiber liegt auf einem Rollbrett unter einem alten, schäbigen Auto, wir sehen zunächst nur die Beine. Dann rollt er nach vorne und richtet sich auf. Er trägt über seinem Anzug einen Blaumann und hat Ölflecken im Gesicht.)

EDMUND STOIBER: Hier ist der Ministerpräsident des ehemaligen Stoiber, Sie sprechen mit Edmund Bayern …

Tja, das wundert Sie vielleicht, aber ich lasse unzählig viele Talente vermissen, so auch das des Automechanikers. Und dabei ist so ein Fahrzeug ein schönes Gleichnis für eine Metapher. Denn wie sagte schon der große Philosoph, äh, oder war's der andere, der mit der Tonne … oder mit der Wanne … Also was weiß denn ich. Auf alle Fälle steht mit diesem Automobil … quasi … das europäische Haus vor uns.

(Er geht langsam um das Auto herum und deutet dabei auf das, was er anspricht.)

Die Türen. Sie stehen weit offen für jeden … den wir wollen.

Die Räder! Vier Stück! Also genauso viel wie die 28 Mitgliedsländer!

Die Scheinwerfer! Meistens abgeblendet, so wie das Europa-Parlament.

(Er setzt sich auf den Fahrersitz.)

Das Steuerrad! Es darf nur von einem der besten Staatenlenker bedient werden!

(Er drückt aus Versehen auf die Hupe, erschrickt und schaltet mit einer fahrigen Bewegung den Scheibenwischer an.)

Und nicht zuletzt: der Motor. Gut geölt, perfekt gepflegt, präzise wie ein Schweizer Käse!

(Er dreht den Zündschlüssel, es ertönen jämmerliche Leier-Geräusche, bis der Motor mit einer Fehlzündung abstirbt.)

Sehen Sie – DAS ist Europa! Nicht unumstritten in den Einzelteilen …

(Er sieht, dass er in einer riesigen Ölpfütze steht.)

… aber leider erinnert es manchmal an ein Auslaufmodell …

Bairisch, das

Ja, die obige Schreibweise ist richtig. Zumindest dann, wenn die Sprache gemeint ist. Wenn von »bayerisch« die Rede ist, geht es um Politik, Geld, Grenzen und Regierungsbezirke. »Bairisch« aber meint den Brauch, das Lebensgefühl und eben vor allem die Sprache. Und die geht über die »bayerischen« Landesgrenzen weit hinaus. Sprachwissenschaftler müssen sich aufgrund ihres Berufs mit so etwas beschäftigen und kommen zu folgendem Ergebnis: »Als Bairisch fasst man in der germanistischen Linguistik einen Dialektverbund (Großgruppe) nichtstandardisierter Varietäten im Südosten des oberdeutschen Sprachgebietes zusammen, die Teil des kontinentalwestgermanischen Dialektkontinuums sind und zum deutschen Sprachraum gezählt werden.«

Zu den Gegenden, in denen laut Expertenmeinung »bairisch« gesprochen wird, zählen:

Bayern (Oberbayern, Niederbayern, Oberpfalz, östl. Oberfranken, südöstliches Mittelfranken)
Sachsen (südliches Vogtland)
Österreich (außer Vorarlberg und Bezirk Reutte, Tirol)
Schweiz (Samnaun, Graubünden)
Italien (Südtirol)
Ungarn (Ödenburg)
Tschechien (Böhmerwald)

Na bitte! Bairisch kommt also nicht nur in Oberbayern oder im Fernsehen bei »Dahoam is dahoam« zum Einsatz, sondern in halb Europa.

Große Aufregung hat CSU-Generalsekretär Andreas Scheuer ausgelöst, als er forderte, dass in allen Migrantenfamilien Deutsch gesprochen werden soll. Und nicht bairisch. Edmund Stoiber fand das nicht gut:

EDMUND STOIBER: Der Scheuer mit seiner Deutschpflicht für Ausländer! Ich hab mich erst mal erkundigt, wer das eigentlich ist, dieser Andreas Scheuer. Angeblich ein aalglatter Ehrgeizling mit fragwürdigem Doktortitel und Gel im Haar. Das kam mir irgendwie bekannt vor.

Dieser Scheuer hat gefordert, Ausländer sollen in der Familie Deutsch sprechen! Seit wann wird in Bayern, in der Familie Deutsch gesprochen?

Deutsch, liebe Freunde, das ist im föderalen Sinn die Sprache der Nehmerländer!

Bei uns gilt immer noch Bayerisch, und nicht die Scharia!

Kein Wunder, dass alle über den Scheuer hergefallen sind. Außer dem Johannes Singhammer, das ist der Bundestags-Vizepräsident, der ist auch von der CSU. Und der hat gesagt, er würde sich im Urlaub mit seiner Familie auch in der Landessprache unterhalten.

Also wenn der Singhammer in Italien ist, dann sagt er buongiorno bambini, vogliate un gelato, weil's der Scheuer so will?

Wobei ich mich grade frage, ob der Singhammer schon mal in der Oberpfalz Urlaub gemacht hat. Dann klingt die Eisbestellung nämlich so: Wou dou di bou dou bou..

Wenn der Andreas Scheuer den Mund aufmacht, halt ich jedes Mal den Atem an. Wissen S', was der aus dem Slogan »Laptop und Lederhosn« gemacht hat:

Touchpad und Trachtenjanker!

Als Nächstes kommt dann Aufladekabel und Opfesoft.

Biotechnologie und Blasmusik.
Gadget und Gamsbart.
WhatsApp und Wolpertinger.
Korruption und Kabinett.
Rüstungsindustrie und Roberto Blanco.
Gaskraftwerke und Goaßlschnoizer.
Smartphone und Schnupftabak.
LED und Leberkas.
Bluetooth und Brezn.
Selfie und Semmeknedl.
Energiewende und Erdäpfekas.

Auch in der »Landtagskantine« von Bayern 3, dem wöchentlichen Comedy-Gespräch, war der Verfall des Bairischen ein Thema:

BECKSTEIN: Au weh, Edmund, schau ner noo – der Horst hodd vielleicht a Schdinkwuud beieinander …

STOIBER: Ja, das ist mir auch schon aufgetragen. Ausgefallen. AUFgefallen, wollt ich sagen …

SEEHOFER: Ja, das ist doch eine Riesensauerei! »Karotten« schreiben die da auf die Schiefertafel! Karotten! Ja sammer mia denn bei die Preißn?

STOIBER: Letzte Woche hat's den Spaenle erwischt …

BECKSTEIN: … und die Haderdauer!

SEEHOFER: Das soll eine BAYERISCHE Kantine sein? Im Bayerischen Landtag??? KA-ROT-TEN???? Ja, schreibt doch gleich »Möhren« hin! Oder »Wurzeln«! Wie in Hamburg! Da scheint es euch ja gut zu gefallen, ihr Karotten-Zuzler, ihr preißischen!

BECKSTEIN: Der hat aber ordentlich Dampf unterm Schemisett, der Horst! Duck dich, Edmund, sonst erwischt's uns aa no!

STOIBER: Na – also – da soll er mir nur kommen! Schließlich bin ich ja der Ministerpräsident des ehemaligen Bayern und der Politiker der Herzen!

BECKSTEIN: Geht scho los, Edmund, da kommt er scho, der bayerische Dschingis Khan …

SEEHOFER: Na, ihr Schafsnasen? Haben sie euch geschmeckt, die »Karotten«? Oder hattet ihr vielleicht eine »Frikadelle« und dazu ein »Alsterwasser«?

BECKSTEIN: Basst scho, Horst, alles in Ordnung mit unserm Leberkeeees!

STOIBER: Ja, genau! Grüabig war er, der Angebadzte! Wenn Sie meinen, was ich … verstehe …

SEEHOFER: So ist es recht! Nieder mit der Einpreußung unser guten bayerischen Schmankerl. Aber, merkt euch, Freunde – EINE Ausnahme gibt es! Zu den guten alten bayerischen Krapfen – da dürft ihr Berliner sagen! Aber nur dann, wenn ich sie gefressen habe. Also praktisch immer, hähähähä …

Bayernhymne, die

Spanien ist das einzige Land der Welt, das eine Nationalhymne hat, aber keinen Text dazu. Zumindest keinen offiziellen. Vor ein paar Jahren haben sich die spanischen Fußballer beschwert: Sie müssten beim Erklingen der Hymne mit geschlossenem Mund dastehen, und das würde ihnen als Desinteresse ausgelegt. Folglich wurde ein Textwettbewerb veranstaltet, ein Text ausgewählt und als offizieller Hymnentext festgelegt. Aber nach kurzer Zeit befand die Regierung den Text für untauglich, und er wurde wieder gestrichen. Er darf nicht gesungen werden. Ausgenommen von Fußballern.

Eine ähnliche Verwirrung gibt es auch bei der bairischen und bayerischen Hymne: Die Melodie stammt von Konrad Max Kunz aus dem Jahr 1860, den Text der ursprünglichen drei Strophen steuerte Michael Öchsner bei. Sie waren Mitglieder der Bürger-Sänger-Zunft München, die das Lied am 15. Dezember 1860 erstmals aufführte. 1948 schrieb der bayerische Dichter Joseph Maria Lutz eine neue Fassung der Hymne, entsprechend einem Beschluss des Vorstands der Bayernpartei. Die Partei trat für die zukünftige Unabhängigkeit Bayerns ein, lehnte den Beitritt Bayerns zur Bundesrepublik Deutschland ab und ließ deshalb jeden Bezug Bayerns zu Deutschland aus der Hymne streichen. Aus »deutscher Erde« wurde »Heimaterde«, aus »Deutschlands Bruderstämme« wurden die »Stämme vom Alpenrand zum Main«. Entdeutscht und bajuwarisiert.

Seit 1964 wird das Bayernlied offiziell gespielt, auch vom Bayerischen Rundfunk um Mitternacht bei Sendeschluss, der schon lange kein Sendeschluss mehr ist. Ministerpräsident Alfons Goppel sprach sich für die

Lutz-Fassung aus, Ministerpräsident Franz Josef Strauß aber legte fest, dass weiterhin die Öchsner-Verse gelten.

Bei einem Referat über Bildung und Wissen ließ ich einmal Horst Seehofer abschweifen und die Hymne neu texten:

HORST SEEHOFER: Mit dem Studieren, also der Aufnahme von Wissen und Weisheit, ist es ja so eine Sache. Zuerst dauert es ewig, bis man es verstanden hat, darauf folgt unermüdliches Pauken bis zum Examen, gefolgt von der Frage, wie lange man sich den ganzen Mist eigentlich merkeln ähäh merken kann. Unermüdlich frisst sich der Terror-Virus der drohenden Verblödung durch unseren Kopf wie ein Bandwurm durch den Verdauungstrakt!

Worauf Sie sich jetzt gerne fragen können, was Verblödung mit der Verdauung zu tun haben soll. Ich kann es Ihnen … auch nicht beantworten.

Und in dem ganzen Trubel hat mir vor einiger Zeit so ein windiger Radiospaßvogel die Frage gestellt, ob ich den Zuhörern die erste Strophe unserer Bayernhymne vorsingen könne. Prompt bin ich über das »Gott mit dir, du Land der Bayern« nicht hinausgekommen. Übrigens teile ich dieses Schicksal mit dem Münchner SPD-Oberbürgermeister.

Natürlich habe ich sofort einen Kriseninterventionsstab eingerichtet. Dieser wird mit Fördermitteln des Bayerischen Blasmusikverbandes unterstützt und trägt den Namen Projekt Patrona Bavariae.

Zunächst war ich beim Hausarzt und habe mir ein paar Knoblauchtabletten und Ginkgosaft verschreiben lassen. Damit ich auch weiterhin kraftvoll mitsingen kann.

Die entstandenen Kosten werden durch den Verkauf von Tonträgern zurückgeführt. Bald gibt es eine neue CD von mir, mit – für mich –

wichtigen Hymnen. Auf der CD finden Sie die Bayernhymne, und auf der B-Seite die Deutschlandhymne – nur für den Ernstfall. Wenn ich doch noch einmal nach Berlin gehe.

Und dabei ist mir aufgefallen, dass die Bayernhymne dringend umgeschrieben werden muss!

Gott mit dir, du Land der Bayern, Heimaterde, Vaterland. Das ist doch viel zu agrarwirtschaftlich dominiert. Bayern ist doch längst kein Bauernland mehr, sondern das Zentrum des technologischen Aufbruchs in Europa.

Mein Vorschlag für die Zukunft ist:

Gott mit dir, du Land des Fortschritts,
Hightech-Schmiede, Start-Up-Land.
Über deinen Unternehmen
walte seine Segenshand.
Er behüte Feiertage,
lasse unsre Wirtschaft blühn,
Und bewahre unser Bayern
vor den Farben Rot und Grün.

Gott mit dir, du schwarze Schwester,
Angela, sei hoch verehrt.
Der liebe Gott schenke dir die Einsicht,
dass du bleibst an deinem Herd.
Denn vom Alpenland zur Nordsee
meinen Wählern ich vertrau!
Seid Euch gegen Rot-Grün einig,
denn die hau'n wir grün und blau!

Gott mit dir, dem FC Bayern,
und mit dir, dem Kaiser Franz.
Du wirst wieder Deutscher Meister
und erhältst den Siegeskranz.
Bayerns Stadion ist das schönste,
und das beste unser Bier,
denn das wirkt bei unsern Spielern
wie ein Siegerelixier.

Beckstein, Günther

Die Franken durften jubeln, im September 2007. Endlich ein fränkischer Ministerpräsident in Bayern, und ein evangelischer noch dazu! Keine 13 Monate später kehrte die übliche fränkische Tristesse wieder ein. Nach dem schlechtesten CSU-Wahlergebnis seit 1954 musste er zurücktreten, der »lustige Franke mit der kurzen Karriere, die Fünf-Minuten-Terrine unter den bayerischen Ministerpräsidenten«. Oder, um Beckstein-Sound zu sprechen: »Minster-Präsenten«, denn der Franke spart sich Silben und harte Konsonanten, wo er kann.

Ich hab ihn sehr gern gehabt, den igel-ähnlichen verschmitzten Hersbrucker. Ehemals ein scharfer Hund im Innenministerium, wandelte er sich zum verständnisvollen, toleranten Weltbeobachter. Sein Sturz war tief, und dieser wurde von seinem gemeuchelten Vorgänger Edmund Stoiber saftig kommentiert. Zumindest in MEINER Version:

EDMUND STOIBER: Meine Damen und Herren, ich möchte zum Wahlergebnis nicht viel sagen, aber unter Günther Beckstein, die Älteren unter Ihnen werden ihn noch kennen, hat die CSU jetzt 32 Sitze weniger im Bayerischen Landtag. Gut, jetzt könnte man sagen … dann müssen halt ein paar stehen … so ein Söder zum Beispiel, der is ja noch jung. Und Umweltminister, sowieso ein Schleudersitz. Der freut sich doch, wenn er mal stehen darf. Bevor er fliegt.

Aber die CSU – und das müssen Sie wir uns alle hinter die äh …. Zunge schreiben, äh, ich meine natürlich, auf dem Ohr zergehen lassen … die CSU, die hat ja nicht nur bei den Sitzen verloren, sondern sogar beim Wahlergebnis! Ein Absturz von MEINEN 60 auf 43 Prozent! Das müssen Sie sich mal vorstellen: Dass ich jetzt SO in die Geschichte eingehe. Ich als Fan des FC Bayern München – ich bin wahrscheinlich der letzte 60er unter bayerischen Ministerpräsidenten!

Ich werde oft gefragt, ob Günther Beckstein so was wie der Sündenbock der CSU war. Ich kann Ihnen versichern, das ist er nicht. Er ist nicht der Sündenbock, sondern ein Gärtner, ein Gärtner in der Wüste, in die wir ihn geschickt haben.

Und das ist dem Beckstein auch gar nicht schwergefallen … als Franke ist er die Einöde ja gewöhnt!

In meiner Beckstein-Version ließ ich den Verlierer folgendermaßen darauf reagieren:

GÜNTHER BECKSTEIN: Ein herzliches grüß Gott, ich bin's, der lustige Franke mit der kurzen Karriere!

Ich hab ja damals den Fehler gemacht, dass ich gsacht hab, man kann mit zwei Maß Bier noch Auto fahren. Ich hab doch net gwusst, dass sich die Bischöfin Käßmann a Beispiel dran nimmt.

Ich bin froh, dass ich nimmer Minsterpräsent bin! Ich kann jetzt endlich wieder so viel Maß Bier trinken, wie ich will. Die Marga kann endlich wieder des Kleid anziehen, des ihr passt!

Manchmal, nachts im Traum, bin ich immer noch bayerischer Minsterpräsent. Und das ist wirklich ein Alptraum. Der fängt immer mit dem Oktoberfest an. Ich muss mit der Marga zum Anstich, und sie will kein Dirndl anziehn. Das war der Beginn meiner Wahlniederlage. Dirndl passt ned zu mir, hat sie gesagt. Ich hab sie wirklich bekniet. Marga, hab ich gesagt, jetzt zieh halt das Dirndl an, nimm's halt als Verkleidung, als Fastnachtskostüm. So wie ich in Veitshöchheim den bayerischen Löwen gegeben hab. Des passt auch ned zu mir, und ich mach's trotzdem.

Und jetzt kommt des immer wieder in meinem Alptraum, egal ob's Nacht ist oder fast Nacht, immer der gleiche Alptraum: Wiesnanstich, um mich herum lauter Löwen, die Marga im Kostüm und ich im Dirndl!

Im Bierzelt war's eh immer am schlimmsten: Als bayerischer Minsterpräsent ist man öfter im Bierzelt als in der Staatskanzlei. Und nirgendwo gibt's ein Glas Wein! Und was man sagt, ist falsch.

Gut, natürlich konnt ich über die SPD schimpfen. Aber das gibt halt net so viel her! Eine Bierzeltrede dauert mindestens eine Stunde! Und wenn ich jeden Anhänger der SPD in Bayern einzeln beschimpft hätte, wär ich nach spätestens fünf Minuten fertig gewesen!

Da blieb mir halt nur: Bier trinken und über's Biertrinken reden.

Wegen meiner Rede mit den zwei Maß am Steuer haben sofort die fränkischen Winzer protestiert, wegen Wettbewerbsnachteilen im Straßenverkehr.

Die Schwaben ham die Abschaffung der Biersteuer gefordert.

Die Oberbayern wollten exklusive Schankrechte, und die Niederbayern und Oberpfälzer ham infrage gestellt, ob man mit nur zwei Maß überhaupt schon verantwortungsvoll am Straßenverkehr teilnehmen kann.

Und jetzt beschäftige ich mich vor allem mit meiner Frau. Des is manchmal schon schwer! Vor Kurzem hab ich mir das Buch gekauft: »Wie ich mich gegen meinen Ehepartner durchsetze!« – Ich hab's ganz durchgelesen. Hat aber nichts genützt. Die Marga hat's zuerst gelesen.

Das Geheimnis MEINER glücklichen Ehe liegt in fünf Worten: »Ja, du hast recht, Marga!«

Die Hörer von Bayern 3 waren dabei, als er sich in der »Landtagskantine« verabschiedet hat …

BECKSTEIN: Meine liem Freunde und Kolleechen … Heude ist ein Daach der Drauer und des Abschieds …

SEEHOFER: Oh je, Günther … ich glaub, ich weiß, was jetzt kommt.

STOIBER: Also ich weiß es natürlich wieder einmal NICHT! Mir sagt ja keiner mehr was, seit man mich damals in Kreuth … in hohem Bogen … vor die Tür … geworfen hat!

SEEHOFER: Edmund, der Günther ist nicht mehr unter uns.

STOIBER: Aber da steht er doch! In vollem Leibesleben! Also quasi in großer Leibesfülle! Lebensgröße!

SEEHOFER: Schon. Aber er hat sich aus dem politischen Leben in Bayern verabschiedet.

BECKSTEIN: … und drum wollt ich dir, lieber Horst, diesen Franggnwimbl überreichen, den ich von der Fleischereiinnung Großlossnitz bekommen hab. Und für dich, Edmund, ist dieser Boggsbeudl, a guder Dropfn, drink ihn halld a weng auf mei Wohl …

SEEHOFER (gerührt)**:** Danke dir, mein lieber Günther (schnieft).

STOIBER: Was soll denn das alles hier? Warum bekomme ich eine tropfenförmige Flasche und nicht auch so einen schönen Dimpel? Simpel? Wimpel? Jetzt schütte einmal dein Herz … mit dem Kind … in den Brunnen und erzähl mir, was hier los ist.

BECKSTEIN: Naaa … ich muss jetzt haaam. Zur Marga. Und do sitz i dann und mach jeden Daach mei Bussl …

SEEHOFER: Jeden Tag ein Busserl für die Marga. Wie romantisch!

BECKSTEIN: Naa! Mei Bussl! A Bild mid lauder glaaana Stüggla! Und zu euch nach München in die Kandieene derf i nimmer nunder …

SEEHOFER: Auf gar keinen Fall! Einmal in der Woche kommst du hierher und erzählst uns, was da droben los ist, bei den wilden Franken!

STOIBER: Weil das ja klar ist! Einmal Ministerpräsident – immer, äh, Ministerdings!

BECKSTEIN: Jou wergli? Das mach i fei!

SEEHOFER: Dann bist du der fränkische Wisslbloher! Auf den Edward Snowden aus Nürnberg-Langwasser! Mahlzeit!

Bevölkerungsrückgang, der

Die Bayern werden weniger. 1500 Jahre lang war die Entwicklung erfreulich: Die Bevölkerung wuchs von wenigen hundert Einwohnern im Jahr 555 nach Christus auf stattliche 12,5 Millionen im Jahr 2015. Ab jetzt geht's wieder bergab. Während sich Oberbayern keine Sorgen machen muss, werden Ober- und Unterfranken je 8 Prozent verlieren.

Zu diesem alarmierenden Umstand meldete sich Edmund Stoiber wie folgt zu Wort:

EDMUND STOIBER: Meine Damen und Herren, ich komme heute mit einem ernsten Anliegen zu Ihnen. Ich habe mich seit meinem Rücktritt mit einem dramatischen Problem beschäftigt: Die bayerische Bevölkerung schrumpft. Wir müssen diese Lücke dringend schließen! Meine Damen und Herren, ich weiß, was Sie brauchen: bessere Fortpflanzungsbedingungen! Und die Fortpflanzung ist, äh, immer Kopf-

sache, also ... zumindest teilweise. Denn es ist doch so: Es gibt immer mehr Rentner und immer weniger Kinder.

Es darf einfach nicht sein, dass wir Bayern mitten in Bayern aussterben, während in Bayerns Großstädten immer mehr Alleinstehende, sogenannte Singles, heranwachsen.

Singles, die Minderheiten wählen, die sind ja per se gegen unsere großen bayerischen Köpfe wie Franz Josef Strauß oder Franz Beckenbauer und damit vermutlich auch gegen mich.

Und die wählen doch alle keine CSU, sondern diese Minderheitsparteien wie die Grünen oder die vom Aussterben bedrohte bayerische SPD. Die sind ja so wenige, die fallen ja schon bald unter den Artenschutz.

Aber ich bin Bayern! Und wenn ich mir Bayern 2050 ansehe, dann sehe ich nur noch kleine renitente Einzelkinder, die von alleinerziehenden Müttern oder schwulen Vätern herangezogen werden. Das ist ein Horrorszenario! Der Untergang unserer christlich-abendländischen Wertegemeinschaft! Um das zu verhindern, fordere ich Sie auf! Fordere ich alle die, die mich und damit Bayern unterstützen, auf: Zeugen Sie! Sonst werden wir alle untergehen! Zeugen Sie, sonst kommt Bayern über kurz oder lang in die Hände von CSU-fremdem Gesindel. Ich beschwöre Sie, sich fortzupflanzen!!! Zeugen, zeugen, zeugen.

Wenn möglich, äh, so schnell wie möglich!!

Nur wer Vertrauen in die Zukunft hat, wer an den Standort Bayern glaubt, wer die Wirtschaft stärkt, der wird sich auch in der Frage der Nachkommenschaft nicht, äh, hängen lassen.

Ich rufe Ihnen heute zu: Nur wer sich vermehrt vermehrt, vermehrt auch Bayern. Und damit sich. Und damit mich! Ich danke Ihnen und wünsche Ihnen fröhliches Zeugen!

CSU, die

Die CSU heißt korrekt Christlich-Soziale Union in Bayern e. V. und wurde 1945 gegründet. Sie tritt ausschließlich in Bayern zur Wahl an, die Schwesterpartei CDU verzichtet darauf. Man könnte denken, dass die CSU seit Menschengedenken in Bayern regiert, oder eben nach einem Blick in die Geschichtsbücher zumindest seit 1945. Das stimmt aber nicht. Zwischen 1954 und 1957 hatte Bayern einen Ministerpräsidenten der SPD. Was da genau passiert ist, ob da unglücklicherweise mehrere entscheidende Personen oder die Mehrheit der Wähler betrunken waren, ob die Pfarrer nicht intensiv genug am Wahlsonntag für die CSU gepredigt oder die Wahlzettel unübersichtlich gedruckt waren – in Bayern will man das heute gar nicht mehr so genau wissen und dieses Kapitel lieber verschweigen.

Noch ziemlich lebendig in der Erinnerung sind die Jahre, in denen die CSU mit der FDP zusammen regieren musste. So geschehen in dem Jahr, als Barack Obama amerikanischer Präsident wurde. Eine Phase der Schmerzen und des Glücks für die Schwarzen.

Dann aber der Tag der Befreiung: Horst Seehofer holt wieder die Alleinherrschaft, kann vor Kraft nicht laufen und schafft es kaum durch die Tür der Landtagskantine …

SEEHOFER (entfernt klingend)**:** Ja, was ist denn los! Sauerei! Da hat doch jemand die Türen kleiner gemacht! Unverschämtheit!

BECKSTEIN: Was hat er denn, der Horst? Warum schimpft er denn so?

STOIBER: Ich glaube, dass er vor Lauf nicht mehr kraften kann! Und umgekehrt genauso! Der ist so selbstbewusst, dass er nicht durch die Tür kommt!

SEEHOFER: Servus, ihr Politik-Rentner! Ein Triumph! Wir feiern einen gigantischen, riesigen Triumph!

BECKSTEIN: Is scho widder guud, Horst …

SEEHOFER: Absolute Mehrheit! Mehrheit!!! Absolute!!!

STOIBER: Ja schon! Aber wenn ich da … ein wenig … Wein in den Essig schütten darf … Zur absolutistischen Mehrheit fehlt natürlich noch einiges. Das sind immer noch 100 Prozent plus X, und davon ist die CSU noch weit entfernt. Da bräuchte es schon ausgewiesene Politik-Experten wie … wie … den Dings. Den Blonden mit der Brille. Also mich!

SEEHOFER: Allein hier herinnen in der Kantine! Da haben 88 Prozent die CSU gewählt!

BECKSTEIN: Hähä. So vill simmer ja gor net …

SEEHOFER: Eine gewaltige Zustimmung für mich und meine Person! In einigen Wahllokalen waren die Stimmzettel schon vorher von den Helfern ausgefüllt, da haben die Wähler nur noch nicken brauchen! SO läuft das in Bayern und nicht anders!

STOIBER: Das muss man sich einmal auf der Zunge … vorstellen! Nach dem furchtbaren Fi-esko vor einigen Jahren …

BECKSTEIN: Jaja, is scho widder guud, jetzt hör halt amoll widder auf …

STOIBER: … hat sich die CSU zu einem wahren Höhepunkt hinaufgeschwungen! Und das an Tagen wie diesen!

BECKSTEIN: Bitte, Edmund, nicht singen!

STOIBER: Immerhin waren die Wahlen ja unter strenger Beobachtung der NSA!

SEEHOFER: Bitte? Warum soll sich denn der amerikanische Geheimdienst für die Wahlen in Bayern interessieren?

STOIBER: Du hast die Antwort schon gegeben: Weil sie geheim sind!

Und wenn es um die Vergabe von Posten geht in der CSU, dann melden sich auch die alten Dampflokomotiven vom Abstellgleis zu Wort …

BECKSTEIN: Hähä – hallo miteinander, ich bin's, kennt ihr mich noch?

SEEHOFER: Der Beckstein! Der Günther! Was führt dich denn in die Hauptstadt?

BECKSTEIN: Ich hob do a weng bei anner Kaffeefahrt mitgmacht, mit Deilnahmemöchlichkeit an einer Verkaufsveranstaltung für Rheumadecken. Aber davon hobbi scho drei, binni lieber her zu euch in die Kandine. Denn Bayern braucht jetzt Underschdützung!

STOIBER: Da hast du völlig recht, liegt ja offen auf dem Auge, gewissermaßen, denn es herrscht ja überall das blanke Dings!

SÖDER: Ganz genau, Leude, so sieht's doch aus. Neue Männer braucht das Land, mit Bedohnung auf neu. Und auf Männer. Und auf braucht. Und auf Land.

SEEHOFER: Ich durchschau euch alle miteinander, ihr Schlawiner mit euren Schmutzeleien! Ich hab gesagt, dass ich im Herbst das neue Führungsteam der CSU verkünden werde, und deshalb seid ihr jetzt alle so freundlich zu mir!

STOIBER: Aber keineswegs, mein lieber Seeteufel! Es treibt uns nur die Dings um, die Sorge um unser geliebtes Bayerndings! Damit es nicht in Seenot gerät, in Seehofernot gewissermaßen! Und deshalb habe ich hier einen kleinen Zettel, mit einem Entwurf für die neue CSU!

CSU

BECKSTEIN: Wedder nei, so an Zeddl hobbi i fei aa …

SÖDER: Ich hob kann Zeddl, sondern a Organigramm in Eggsl, alles dibbdobb, neues Combjuder-Brogramm, eins-A, alles crispy und funky.

SEEHOFER: Ich kann mir schon denken, wen ihr da an erster Stelle hineingeschrieben habt! Euch selber!

SÖDER: No freilich! Horst, Vorschlaach von mir: Machs wie beim Musikantenstadl, ersetz einfach »gut« durch »jung«. Und eins is ja wohl glaar: Ich bin jünger als wie die!

STOIBER: Jung – das waren wir alle einmal! Vielleicht sogar jünger wie der Söder! Aber wir bringen Erfahrung mit! Und Kompetenz-Kompetenz! Hab ich nicht recht, mein lieber Backstein? Bayern ist in Seenot, und wir sind die Matrosen, die das Schiff … von Grund auf … auf Grund setzen!

SEEHOFER: Aber der Kapitän bin noch immer ich! Und ich steure das Schiff in konsequentem Zickzackkurs durch raue See! Eure Zettel könnt ihr mir ruhig geben, aber morgen mach ich neue. Und übermorgen wieder. Denn auf EINS ist Verlass: auf meine Unverlässlichkeit! Mahlzeit!

Dänemark

Was um Himmels willen soll denn bitte das Stichwort »Dänemark« in einem bayerischen Lexikon? Wenn Sie mir mit dieser Frage zuvorgekommen sind, bin ich stolz auf Sie! Wenn Sie erst durch meine Frage auf diese Frage aufmerksam geworden sind, ist das auch nicht schlimm. Ich weiß ja, wie das ist, wenn man ein Lexikon liest. Irgendwann akzeptiert man alles, was einem das Sachbuch vorsetzt.

Die Antwort auf die Ausgangsfrage: Andere Stichwörter für D sind entweder unkomisch oder unfein. »Deifi« bietet sich an, oder »Depp« oder »Dreck« oder »Dummerl«, im Fränkischen »Dummerla«. Die Beschreibungen dafür findet man üppig verstreut über das gesamte Lexikon, man braucht keine spezielle Abhandlung. D wie »Dampfnudel« – mag ich sehr gern, ist aber nicht lustig.

Für ungefähr 50 Prozent der Leserschaft wäre das Wort »Duttln« erfreulich. Darauf wird aber unter »H« wie »Holz vor der Hüttn« eingegangen. Wissenswert wäre dazu lediglich noch, dass jenes Wort bei Menschen »Duttln«, bei Tieren aber »Duttn« heißt.

Genug niveauloses Geplauder, jetzt wird es schwer politisch in der Landtagskantine zum Thema »Dänemark«.

BECKSTEIN: Allmächt naa, Edmund, was hostn, du schaust ja so regnerisch …?

STOIBER: Ja, äh, genau! Beziehungsweise nicht! Habt ihr das etwa nicht nahrgewommen? Nicht wahrgenommen?

BECKSTEIN: Ich merk scho lang nix mehr. Wos maaanstn?

STOIBER: Europa in Aufruhr! In Frankreich regiert ein Holländer, in Griechenland das Chaos! Und noch schlimmer ist es da oben … wie heißt das gleich …

SEEHOFER: Du meinst Oberfranken?

STOIBER: Ja! Also quasi nein! Noch nördlicher!

SEEHOFER: Nordpol!

STOIBER: Genau! Schleswig-Holstein! Da regieren jetzt die Dänen! In Deutschland!!! Ja, wo samma denn, meine Dänen!!!! Meine Damen! Meine Herren! Die halten sich da ja eine Königin, dann haben wir vielleicht bald wieder die Monarchie an der Nordsee!

BECKSTEIN: Ach des wär fei orch scheee …

STOIBER: Und wenn erst einmal die Dänen eine Tür im Fuß haben – beziehungsweise umgekehrt – also quasi eine Handbreit … Wasser … in der Spur haben, dann kommen ja die anderen auch, aus den anderen Ländern! Besonders dieser Dings! Oder die anderen beiden!

SEEHOFER: Jetzt beruhige dich, Edmund, du tust ja so, als stünden schon die Hunnen vor der Tür!

STOIBER: Und wer sagt dir, dass es NICHT so ist? Ich war ja damals dabei, als Franz Josef Strauß … mit Attila persönlich … die politische Lage in Europa … vom Zaun gebrochen hat.

BECKSTEIN: Also mir däd des fei gfalln. In Bayern wären die Dänen ja die Frangggn. Und mir wärn noch net amoll a Minderheit, sondern mehr als wie die andern! Und als Könichin nehmen mir einfach die Renate Schmidt! Bassst!

SEEHOFER: Diese dänischen Franken machen mich wahnsinnig …

Ehe, die

Das Jahr 1982 war ein Wendepunkt in der Geschichte der Eheschließungen in Bayern: Erstmals wurden mehr Ehen geschieden als geschlossen. Und der Trend hält an. Also zumindest, was die Zahl der Eheschließungen betrifft. Damit sinkt in den Folgejahren auch die Zahl der Scheidungen, womit die Mathematiker wieder beruhigt sind.

Dass die Ehe für die Ewigkeit geschlossen wird – das stimmt nur noch in einigen Teilen der Oberpfalz sowie in den arabischen Emiraten. Aber die sind nicht bayerisch. Wie die Ehestatistik einer sich normal verhaltenden bayerischen Normalfrau aussieht, darüber referiert stark autobiografisch Waldemarie Wammerl.

WALDEMARIE WAMMERL: Ja, grüß Gott, schön, dass Sie alle hier sind! Gell? Jaaa … Ja … Gell? Ja!

Ich darf mich kurz vorstellen, ich bin Waldemarie Wammerl. Es wird Sie überhaupt nicht interessieren, deshalb erzähl ich's Ihnen auch: Ich bin Beschteller-Autorin. Nein, wie soll ich sagen … Best-seller-Autorin, so ist's richtig! Gell? Jaaa …. Gell?

Wahrscheinlich kennen Sie es alle, mein Buch! Da hab ich's, es heißt »Wenn dich der Schuh drückt, dann lauf barfuß!« Wenn Sie's zufällig dabeihaben, ich resignier Ihnen das später auch gerne. Das war ja ein Riesenerfolg, Platz 1 von der Spiegel-Bestsellerliste. Also von der »Frau im Spiegel« … Gell? Jaaa …. Gell?

Und wissen Sie, wer mich auf die Idee gebracht hat? Dass ich eine Partnerschafts- und Sex … dualitäts … beraterin geworden bin? Das

Reserl!!!! Meine Freundin Reserl! Mei, des Reserl, das kenn ich noch aus Langenpfunzen …

Wissen Sie, ich komm von Langenpfunzen, das kennen Sie, oder? Landkreis Rosenheim, ganz genau! Aber ich bin ganz schön rumgekommen in der Welt, wilde Jahre waren das, ÜBERALL hab ich schon gelebt: Paindlkofen, Dirnismaning, sogar ganz oben in Hof … aber das war mir dann doch a bisserl weit weg von Bayern. Jaaa … Gell? Ja!

Und was soll ich Ihnen sagen … das Reserl kommt auch daher. Mei, das Reserl … das war ja nie die hellste Kerze im Leuchter … Ja … Gell? Ja.

Und mit den Männern … nur Ärger und Pech. Achtmal verlobt, immer ein Griff ins Klo.

Das lag natürlich auch an ihr. Sie war früher Verkäuferin, also Metzgereifachverkäuferin, und als ihr erster Mann, der Alisi, als der um ihre Hand angehalten hat, hat sie gesagt:

»Bitte sehr, und darf's sonst noch was sein?«

Eine große Köchin ist sie auch nicht. Nach einer Woche Ehe wundert sich der Alisi, dass es so komisch schmeckt, und da sagt sie: »Das kann gar nicht sein. Auf der Dose war gestanden: Für Ihren Liebling! Und daneben war auch das Bild von so einem süßen Hunderl!«

Nach zwei Wochen Ehe kommt sie nach Hause und sagt: »Schatz, ich habe eine gute und eine schlechte Nachricht, welche willst du zuerst hören?«

Sagt er: »Na die gute.«

Sagt sie: »Also … der Airbag hat funktioniert …«

Hört sich das nach einer glücklichen Ehe an, frag ich Sie? Denken Sie sich Ihnen drüber nach!

Naja, nach ein paar Jahren war dann schon alles vorbei. Sie hat gsagt,

Alisi, hat sie gsagt, ich weiß, dass du mich betrügst, ich weiß auch, mit wem du mich betrügst, ich weiß nur nicht, mit was du mich betrügst!

Der Alisi war ja Angler und Jäger. Also eher Backfischangler und Schürzenjäger. Wenn er gsagt hat, er geht zum Angeln, hat meistens das Reserl gsagt: »Weiß ich, deine Forelle hat schon zweimal angerufen!«

Zur Jagd isser aber dann tatsächlich, das war sein Hobby, da war er ganz narrisch! Schon ganz früh isser immer zur Jagd. Einmal, da ist das Wetter dann ganz schlimm gwordn, da fängt's an zu regnen, der Wind bläst ganz grauslig, da kehrt er wieder um, der Alisi. Er kommt nach Hause, zieht sich aus und legt sich wieder zum Reserl ins Bett. »Und … wie isses draußen?«, fragt des Reserl im Halbschlaf. – Sagt der Alisi: »Kalt, es regnet …« – Und drauf das Reserl: » … und mein Mann, der Depp, ist auf die Jagd gegangen.«

War natürlich Stimmung.

Mei, der Alisi hat's wieder einrenken wollen und wollt ihr einen teuren Teppich schenken. »Was willstn mit so einer Brückn?« hat das Reserl gfragt. »Mei«, sagt der Alisi, »so eine Brücke wär doch schön fürs Schlafzimmer!« Sagt das Reserl: »Man braucht keine Brücke, wo kein Verkehr ist!«

Gell? Jaaa … Denken Sie sich Ihnen drüber nach.

Und eines Tages war er dann … von uns gegangen, der Alisi. Ein Jagdunfall. Kann auch beim Angeln passiert sein, vielleicht hat er sich zu Tode gelangweilt.

Das Reserl – völllig überfordert. Geht s' zur Zeitung, will eine Todesanzeige aufgeben. Wird sie nach dem Text gefragt, sagt sie: »Der Alisi ist tot.« Der Mann von der Zeitung ist erstaunt, und sagt dann, da wär schon noch Platz für ein paar Zeilen mehr, das kostet dasselbe. Das Reserl denkt nach und sagt: »Motorrad zu verkaufen.«

Mei, es war immer so unglücklich, das Reserl.

Und immer hat's mich immer um Rat gfragt. Und dann ist mir die Idee gekommen! Ich schreib ein Buch! Einen Ratgeber! Und seitdem bin ich Lebens- und Sex … dualitäts … beraterin.

Mei, wissen S', so ganz glücklich waren meine vier Ehen ja auch nicht …

Viermal war ich verheiratet. Da lieg ich ja noch ganz gut im Schritt, äh, im Schnitt.

Also ich sag immer: Noch nicht ganz Liz Taylor, aber schon mehr als der Lothar Matthäus!

Sie, über den machen sich alle nur lustig. Aber ich gesteh's Ihnen ganz ehrlich: Ich würde den Lothar nicht von der Bettkante stoßen!

Sie vielleicht? Denken Sie sich Ihnen drüber nach!

In der Partnerschaft ist es wie im Fußball. Wenn der Spielaufbau nicht stimmt und dann noch eine Abschlussschwäche dazu kommt, dann muss man auswechseln.

Und bei mir gäbe es eine ganz klare Regel mit dem Lothar, ich würde zu ihm sagen: »Lothar« – würde ich sagen – »Lothar, du, setz dich hin und sei schön. Aber zum Reden gehst bitte vom Platz!« Gell? Jaaa … Ja. Gell?

Ich hab ja bei jeder Hochzeit gedacht: »Das ist jetzt für immer.« Bei jeder Hochzeit! Manchmal sogar noch zwei Tage später.

Und dann bin ich dann Be-schteller-Autorin geworden. Und ich darf Ihnen aus diesem Beschteller ein bisserl was vorlesen.

Wissen Sie, Frauen haben ja so viele Fragen, und ich als lebenserfahrene 65-jäh-, 45-jährige Frau weiß natürlich Bescheid. Gell? Jaaa …. Gell?

Hier ein Beispiel:

Warum sind Junggesellen mager und Ehemänner dick?

Ganz einfach: Der Junggeselle schaut in den Kühlschrank, findet dort nichts Besonderes und geht ins Bett.

Der Ehemann schaut ins Bett, findet dort nichts Besonderes und geht an den Kühlschrank!

Eine andere Frage: Warum lieben Männer Frauen in Lack, Leder und Gummi?

Die Antwort ist ganz einfach: Weil sie wie ein neues Auto riechen!

Das ist ja überhaupt so ein Thema mit den Dessous! Männer lieben ja das teure Zeug, das so leicht zerreißt. Und was Männer überhaupt nicht ausstehen können, ist graue, schäbige Unterwäsche. Da frag ich mich immer: Warum ziehen die Männer dann so gern so was an?

Oder hier: eine sportliche Frage! Warum können Männer schneller laufen als Frauen?

Hab ich lang drüber nachgedacht, aber dann die Lösung gefunden: weil Männer Kugellager zwischen den Beinen haben und Frauen Scheibenbremsen …

Und dann werde ich natürlich immer nach dem Geheimnis für eine glückliche Ehe gefragt. Das ist ganz leicht, da brauchen Sie nur vier Worte: »Du hast recht, Liebling!«

Gell? Ja!

Und zum Schluss verrate ich Ihnen, meine Herren, noch die vier Lieblingstiere der Frauen:

Kennen Sie die vier beliebtesten Tiere der Frauen?

Das ist der Nerz im Schrank, der Jaguar in der Garage, der Stier im Bett und der Esel, der des alles bezahlt.

Energie(wende), die

Jahrzehntelang war der Bayer eins mit sich und der Natur. Es wurden Kernkraftwerke gebaut, Flüsse gestaut und einbetoniert, ein Rhein-Main-Donau-Kanal durch Bayern gegraben, dessen Unsinnigkeit bereits lange vor dem ersten Spatenstich offenkundig war. Dann tauchten plötzlich die Grünen auf, und mit ihnen die ersten grünen Bürgermeister. Zunächst belächelt, dann allmählich ernst genommen. Und dann kamen Fukushima und der Atomausstieg. Und die Energiewende. Man bedenke: eine Wende! In einem Bundesland, in dem NIE jemand wendet. Weder sich noch etwas. Und schon gar nicht die Energie.

Die Energie und Bayern. Das heißt auch: die Energie und Seehofer. Stromtrassen NACH Bayern ja, aber nicht DURCH Bayern. Keine leichte Situation, die entsprechend seriös in der Landtagskantine besprochen wurde:

STOIBER: Also mein lieber Seefelder, ich kann gar nicht glauben, was ich da heute Morgen gelesen habe … bei mir zu Hause in meinem Flachbildradio … Diese Stromdinger werden schon wieder verändert!

SÖDER: Do hodder fei recht, Chef, hobbi fei a a weng ghört: Die Stromtrassen durch Bayern sollen anders verlaufen. Weider weg und näher dran! Wos stimmtn do jetzt?

SEEHOFER: Das ist richtig.

STOIBER: Na also! Aber früher war es doch noch anders!?

SEEHOFER: Früher, mein lieber Edmund, war ALLES anders. Aber jetzt, mit MEINER Regierung, da gibt es kein hü und hott mehr, sondern nur noch ein hü. Erst einmal. Und dann, wenn gute Gründe für ein hott sprechen, dann gibt es natürlich auch ein hott. So ist das in der Politik, entweder konsequent oder inkonsequent, aber nicht dieses dauernde Hin und Her!

SÖDER: Horst, host scho recht, oba des mit dena Stromtrassen – des is schon sehr verwirrend. Erstens. Und zweitens nadürlich auch. Drum sag ich's noch einmal: Der norddeutsche Strom muss von den Windrädern hinein in die heimischen Steckdosen. Dazu muss er durch unsere bayerische Heimat und wird ein Teil davon.

STOIBER: Das war vortrefflich, also besser hätt ich das auch nicht … fabulieren können! Umso befremdlicher ist aber, dass dieser norddeutsche Strom … jeden Tag … einen anderen Weg nehmen soll. Das kennt man ja noch nicht einmal von den billigsten Irritationssystemen im Auto. Da heißt es »in zehn Minuten!« – und dann heißt es »wenn möglich, bitte wenden!«

SÖDER: No, dann basst's ja widder. Des denkt sich der Horst aa, gell? Jedn Dooch a weng wenden, jedn Dooch a weng wos anders, des hält elastisch und verwirrt den Geechner.

SEEHOFER: So ist es! Außerdem passt diese Politik der wechselnden Standpunkte hervorragend zum Produkt!

SÖDER: Ach so? Verschdeh i nedd …

SEEHOFER: Na, womit haben wir es denn zu tun? Was sollen denn die Stromtrassen transportieren? WECHSELSTROM!

SÖDER: Weddernei …

Hauptleidtragende ist Energieministerin Ilse Aigner, die gelegentlich die neuen Überlegungen ihres Chefs der Zeitung entnehmen muss. Wie die Verlegung der Stromtrassen in benachbarte Bundesländer:

SEEHOFER: Mahlzeit, liebe Stammesbrüder! Also, ich muss schon sagen … diese Idee von der Ilse Aigner … sehr geschickt … alles meine Schule!

SÖDER: Okay, zugegehm, ganz schön crispy und funky, aber halt scho aa a weng a Glückstreffer. Blindes Huhn und Korn und so …

SEEHOFER: Markus, bitte keine Stutenbissigkeit! Die Stromtrassen nach Bayern nicht durch Bayern zu verlegen, sondern durch Hessen und Baden-Württemberg – das ist einfach genial!

SÖDER: Jetzt muss ma sich do scho amoll a weng ehrlich machen und sagn: Ankündichen konn i viel, aber ob des die Hessen dann aa mitmachen, des is fei noch lang net gsacht. Erstens. Und zweitens nadürlich auch!

SEEHOFER: Markus, ich staune. Und ich hab immer gedacht, das ist DEINE Erfolgsmasche! Dinge vom blauen Himmel herunterversprechen und kurze Zeit danach in den Wind schießen.

SÖDER: Du bist mir in allem Vorbild, Horst.

AIGNER: Servus, grüß di, habe die Ehre, griaß eich, servus, Mahlzeit, griaß di, mir sehn uns, servus, bis später … !

SEEHOFER: Ilse! Einen kleinen Moment, wir hätten eine Frage! – Schon wieder weg. – Rrrreschbeckt!

STOIBER: Das seh ich ganz genauso! Sie erinnert mich an den jungen Edmund! Jetzt nicht gerade vom Äußeren her, da fehlt ihr einfach die Brille, aber diese Durchsetzungskraft! Das Tempo! Der Einfallspinsel! Einfallsreichtum, wollt ich sagen!

SÖDER: Da muss sie nur aufbassn, dass ihre Stromtrassen nicht so erfolgreich werden wie dein Transrapid …

SEEHOFER: Drum sollen die Trassen ja auch durch Hessen gehen! Sehr clever!

STOIBER: Also ich darf dann schon einmal mitteilen: Strom NACH Bayern gerne, DURCH Bayern aber nicht. Und schon gleich gar nicht durch meinen Garten in Hausratswolfen! Obwohl … In welcher Höhe verlaufen denn diese Stromlinien? Uns ist da gerade die Wäscheleine kaputt gegangen, vielleicht könnte man da das eine mit dem anderen verbinden …

SEEHOFER: Des wird immer schlimmer mit dem …

FDP, die

Bis zum Jahr 2008 war die FDP in Bayern nahezu nie sozial auffällig geworden. Der jeweilige Vorsitzende blieb unbekannt und wurde nicht auf den Nockherberg eingeladen. Er kam in der Fastenpredigt nicht vor, es hätte ihn keiner erkannt. Jahrzehntelang war es lediglich interessant, ob die FDP im Landtag vertreten sein würde oder nicht. Meistens war sie es nicht. Dann aber, 2008, passierte das Ungeheuerliche. 8 Prozent. 16 Abgeordnete. Und das Wort, das die CSU bis dato nie gehört hatte: Koalition … Horst Seehofer gab durch mich seiner Fassungslosigkeit Ausdruck.

HORST SEEHOFER: Jetzt haben wir hier in Bayern tatsächlich eine Koalition mit der FDP! Die FDP – früher wussten wir doch gar nicht, dass es so was bei uns überhaupt gibt! Jetzt mal ehrlich, Hand hoch, wer die gewählt hat? Sixt das: keiner!

FDP – früher haben wir immer gedacht, das heißt »Für Die Preissn«! Jetzt hoaßt's »Für den Papierkorb«.

»Leutheusser-Schnarrenberger« – als ich zum ersten Mal den Begriff gehört habe, hab ich den Landwirtschaftsminister Miller gefragt: Hast du eine Ahnung, was das ist? Der hat gesagt: Im Viehseuchen-Lexikon steht nichts, aber ich verhäng sicherheitshalber trotzdem mal die Stallpflicht!

Wir haben inzwischen sogar einen Wirtschaftsminister von der FDP, den Martin Zeil.

Das muss man sich einmal vorstellen: All die Jahre haben hier in Bayern die FDPler mitten unter uns gelebt. Völlig unentdeckt. Das Landeskriminalamt hat nichts bemerkt, der Verfassungsschutz geschlafen! Das bedeutet ja im Klartext, dass der Beckstein schon als Innenminister komplett versagt hat.

Aber zurzeit, da macht es nicht einmal mehr Spaß, die FDP zu drangsalieren. Weil die sich nicht mal mehr wehrt! Früher, wenn der Edmund Stoiber den Westerwelle einen Leichtmatrosen genannt hat, da ist die FDP auf die Barrikaden gegangen.

Oder jedenfalls auf das, was man unter Bankern und Zahnärzten für Barrikaden hält.

Und heute? Wenn ich heute den Westerwelle einen Leichtmatrosen nennen würde, dann würde die FDP sich dagegen verwahren, dass durch diesen unsäglichen Vergleich die Schifffahrtsberufe in den Dreck gezogen werden! Auf den Westerwelle eindreschen, das ruft eigentlich nur noch Mitleid hervor.

Gut, die bayerische FDP, das ist ja im Wesentlichen Martin Zeil. Sie wissen schon, der Erfinder der Zeitlupe. Der Martin Zeil und ich, wir sind nicht immer einer Meinung. Manchmal widerspricht er meinem Standpunkt. Das ist auch gut so. Denn ich hasse Ja-Sager. Wenn ich »nein« sage, sagen gefälligst alle »nein«!

Aber wir einigen uns immer umgehend. Weil in der Zeit, die der Martin Zeil braucht, um meinem Standpunkt zu widersprechen … da hat sich MEIN Standpunkt mindestens dreimal verändert.

Deshalb spricht der Zeil auch so selten in einem Bierzelt. Weil, da ist das Festzelt abgebaut, bevor der mit der Begrüßung fertig ist.

Christian Lindner, die Hoffnung der FDP.

Ich mach ja manchmal so naturwissenschaftliche Experimente. Zum Beispiel sag ich die Begriffe Hoffnung und FDP in einem Satz, und schau, ob irgendwas passiert. Blitze, Erdbeben, schwarze Löcher …

FDP

Weil da ja Materie und Antimaterie zusammenkommen. Bisher ist nix passiert. Das kann man ja auch für die Regierungsbeteiligung der FDP in Bayern sagen: Bisher ist nix passiert.

Immerhin: Der Lindner spricht schneller als der Zeil. Vor allem, weil er vor dem Sprechen nicht nachdenkt. Der Christian Lindner kommt ja aus Wuppertal. Das heißt, der bezieht seine Bodenhaftung aus der Stadt der Schwebebahn!

Nach Fukushima war der Lindner der erste FDP-Politiker, der gefordert hat, die sieben ältesten deutschen Meiler dauerhaft vom Netz zu nehmen. Da schau her, hab ich mir gedacht, der Lindner. Macht jetzt MIR Konkurrenz im brutalstmöglichen Atomausstieg.

Und dann, als die Koalition beendet war und das Kapitel FDP bewältigt schien, da erhob sie wieder ihr Haupt, die gelbe Gefahr. Ein Thema in der Landtagskantine:

SEEHOFER: Liebe Frrreunde und liebe Kollegen, lieber Markus. Es hat sich Beachtenswertes getan in Bremen, wie zuvor auch schon in Hamburg!

STOIBER: Ach du liebe Zeit … Bremen … und das andere da … das liegt ja ganz weit weg, sogar noch hinter Nürnberg …

SÖDER: Nonono, amoll aweng vorsichdich do herin, Edmund! Nix geechn die Franggn, gell, sonst knallt's fei a weng im Kartöngla!

SEEHOFER: Diese Franken machen mich wahnsinnig …

SÖDER: Aber ich waaß nadürlich sofort, wos du maanst: die FDP. Die Gelben sinn widder drin. Gefährlich, erstens. Und zweitens beachtenswert, wie du selber sogst. Und drittens wie erstens. Aber mach

dir kaane Sorchen: Eine Union mit der Union ohne die Union ist mit der Union nicht zu machen.

STOIBER: Die FDP? Gibt's die überhaupt noch? Gegen die haben wir uns doch impfen lassen, die ist doch ausgerottet? Und jetzt stehen die gelben Horden wieder vor der Pforte des Bayerischen Landtags?

SÖDER: Naa, Edmund, noch net. Immer schön crispy und funky. Die große Gefahr, die lauert von einer ganz anderen Seide.

ILSE AIGNER: Grüaß di, servus, habe die Ehre, grüaß eich, hallo, grüaß di …

SÖDER: Do. Hammers scho.

STOIBER: Wer war denn das? Ausgesehen hat sie wie die Ilse Aigner, aber die Stimme war doch viel tiefer!?

SÖDER: Die Ilse is scho im Wahlkampfmodus. Die Stimme ist schon tiefer gelegt, damit sie aggressiver klingt. Is mir wurscht. Wenn die tiefer spricht, sprech ich einfach noch tiefer. (Ganz tief:) Ungefähr sooo …

STOIBER: Das klingt, äh, sehr gut! Das hätte ich damals auch machen sollen. (Ganz tief) Wenn Sie … am Münchner Hauptbahnhof … in zehn Minuten … (wieder normal) Wenn ich den so tief angepriesen hätt, würd's den Transrapid vielleicht heut geben …

SEEHOFER: Sehr gut, ihr zwei. Meine alte Schule. Ein Politiker sollte seine Stimme immer seinem Niveau angleichen. Sehr viel tiefer geht's dann bei euch wirklich nicht mehr. Mahlzeit!

Franken, die

Ein ewiger Konflikt in Bayern: die Altbayern gegen die Franken. Ein konfliktbeladenes Volk, hin- und hergeworfen, Spielball verschiedener Mächte, ohne wirkliche Identität. Dazu auch noch dreigeteilt, in Ober-, Mittel- und Unterfranken. Wobei Unterfranken nicht unten liegt, und Oberfranken nicht oben. Sondern das eine eher im Westen, das andere im Osten, und das mittlere mittendrin. Ein Vielvölkerstaat im Vielvölker-Freistaat. Die Franken. Verspottet wegen ihres Dialekts, geachtet wegen ihrer Energie. Edmund Stoiber geht in die Geschichte:

EDMUND STOIBER: Das Thema Integration war für uns schon immer sehr wichtig. Schon damals vor 200 Jahren, als wir die Franken nach Bayern integriert haben, quasi als eine Art Pufferzone zu den Preißn.

Das Frankenland ist quasi unser Gazastreifen! Der Franke ist in Bayern so was wie der Kurde in der Türkei!

Was wäre Bayern ohne die Franken? Die Franken werden erstmals 250 nach Christus erwähnt. Und hatten über 800 Jahre lang die Geschicke in Europa geleitet.

Die Franken waren damals schon eine stolze Hochkultur mit Königen, Straßen und Wägen, während man in den Wäldern um München noch auf den Bäumen geklettert ist, und mit Keulen dumpf aufeinander eingeschlagen hat. Die Franken hatten damals schon den Wein und konnten mit Messer und Gabel essen und an Tischen sitzen, da hatte man in Oberbayern noch Angst vor dem Feuer und der Rückkehr der Dinosaurier.

In der Landtagskantine (in München, Oberbayern!) sorgte erst der Franke Beckstein und dann der Franke Söder für Heiterkeit. Der fränkische Dialekt – ein dankbares Thema, wenn sonst nichts los ist.

SEEHOFER: Das ist ja furchtbar … Ü-ber-haupt nichts los im Freistaat …

BECKSTEIN: Doch, bei mir war fei scho a weng was los. Ich hab mir fei a weng a glaans neis Audola kaaft.

SEEHOFER: Diese Franken machen mich wahnsinnig … Sag das bitte noch einmal!

BECKSTEIN: Diese Franggn machn mich wahnsinnich!

SEEHOFER: Nein, nicht das! Das davor!

BECKSTEIN: Ich hab mir fei a weng a glaans neis Audola kaaft.

SEEHOFER: Edmund, hast du DAS gehört?

STOIBER: Äh … Ganz genau! Beziehungsweise wie bitte. Ich war da wohl … zur Zeit nicht ganz momentan …

SEEHOFER: Hör dir das an, was der Günther sagt. Es ist unfassbar!

BECKSTEIN: Ich hob mir fei blooß a weng an neis Audola kaaft. Gell?

SEEHOFER: Ein wenig! Er hat sich ein wenig ein kleines neues Autolein gekauft hat. Nicht zu fassen! Wie sie ALLES verkleinern!!

STOIBER: Mein lieber Seeberger, ich weiß jetzt gerade nicht, warum du dich so parfümierst. Ich habe lange Zeit hindurch, also quasi etliche Jahre – inklusive der darin befindlichen Monate! – ein großes Auto gefahren. Und dann hat sich herausgestellt, dass irgendwie … unsere Garage … geschrumpft ist, und dann sind wir umgestiegen und haben uns ein kleineres Auto –

BECKSTEIN: – a weng a klaans neis Audola! –

STOIBER: Genau! Heute ist das anders, da lass ich jeden Tag einen fahren. Also einen Chauffeur. Bei dem kommt es auf die Größe nicht an.

BECKSTEIN: Und wisst ihr, wovon ich fei immer nuch a weng draam? Von am scheena klaana Böstla, von so an ganz an klann, so a weng als Ministerbräsidentla …

SEEHOFER: Dafür, mein lieber Günther, müssten wir aber extra noch ein Bundesland für dich gründen, denn dafür ist Bayern leider zu klein!

BECKSTEIN: Gut. Dann fohr i halt woannersch hi, mit meim scheena neia glann Audola …

SEEHOFER: Diese Franken machen mich wahnsinnig.

BECKSTEIN: Oba fei bloss a weng. Gell?

Ich als Halb-Betroffener (Mutter Oberbayerin, Vater Oberfranke) mache mich gern zum Anwalt dieses oft gehänselten Menschenschlages. Auch mithilfe von Dichtung und Wahrheit. Im Folgenden ein Liedtext zu einer Melodie, die Sie sich denken müssen und schenken können.

Sodala

1.
Wenn ein Oberfranke sich dir anvertraut,
dann hör gut zu, denn es ist schwer, ihn zu verstehn.
Jede Silbe ist ein filigraner Laut,
und seine Sprache ist fast überirdisch schön.
Von seinen Lippen perlen wundersame Worte
so wie »Verschdärcher«, »Filderdüde« oder »Sempft«,

Statt »Knäckebrot« sagt er »a Schdiggla Moggadorde«,
weil er nicht gern um harte Konsonanten kämpft.

Er sagt »a weng a glaans Mercedasla« zum Benz,
denn im Verkleinern zeigt er Konsequenz:

Refrain:
Erst sagt er »Sodala!«
Dann sagt er »Nachatla!«
Dann sagt er »Etzatla!«
Dann sagt er »Hobbala!«
Dann denkt er nach. Und dann, nach ziemlich langer Zeit,
da sagt er: »Häddmer's widder moll – für heit!«

2.
Manchmal muss der Franke aus dem Käfig raus,
dann wird er international und polyglott …
»A blaus Bluu-Dschiens-Heesla« heißt die Levi-Strauss,
und das »Botschamberla« ist für die Nacht der Pott.
»An Möd Schangdang« trinkt er am Ende des Dezembers,
er wünscht »Viel Glück!« mit einem forschen »Doi, doi, doi!«
Für seinen »Buhm«, da kauft er gern »a Backung Bämbers«,
und grinst: »Jetzt pfeif iich mir nuch zwaa Hammburcher nei!«

Doch kauft er niemals einfach so aus der »la Mäng«:
»Des du iich mir fei nummoll überlehng!«

Refrain

Frauen, die

Die bayerische Frau ist aus der Geschichte Bayerns nicht mehr wegzudenken, auch nicht aus dem Alltag und Massagesalons. Neuerdings aber trifft man sie sogar in den Chefetagen von Banken, Fernseh- und anderen psychiatrischen Anstalten. Ob sie auch in der Politik Fuß fassen sollte, darüber ließ ich E. Stoiber sinnieren.

EDMUND STOIBER: Natürlich ist gegen aktive Frauen in der Politik im Allgemeinen überhaupt nichts zu sagen. Das sogenannte schwache Geschlecht, meine sehr verehrten Damen und Herren, das bringt natürlich auch wichtige Eigenschaften in die Politik mit ein. Und lassen Sie mich das auch als Mann mit außerordentlich großer Erfahrung mit gerade auch weiblichen Politikerinnen hier einmal sagen: Männer arbeiten in der Politik oft mit Ellenbogen, sind intrigant, benutzen schmutzige Methoden und haben letzten Endes nur ihre eigene Karriere im Kopf.

Frauen sind da anders: Ihnen geht es um die Sache, mit Parteifreunden und anderen Gegnern gehen sie sanft und warmherzig um, und Ehrlichkeit steht bei ihnen stets an erster Stelle. Und da gibt es zahlreiche Beispiele, das ist eine lange Liste, die mit Monika Hohlmeier anfängt und mit Andrea Nahles und Ypsilanti noch längst nicht aufhört!

Gewissermaßen gilt natürlich auch bei Frauen, dass es in ihrem Fall verschiedene gibt. Natürlich freuen wir uns auch in Bayern, dass wir hier normal sich verhaltende Politikerinnen haben. Die normal sich verhaltende Politikerin lebt in ihrem Ministerium, geht niemals raus und gibt vielleicht ein bis zwei Interviews im Jahr. Wir haben dann einen Unterschied zwischen der normal sich verhaltenden Politikerin, der Schadpolitikerin und der Problempolitikerin.

Und damit bin ich bei dieser selbst ernannten Jeanne d'Arc aus Zirndorf, dieser fränkischen Eheberaterin in Spülhandschuhen, dieser … Pauli. Und es ist ganz klar, dass es sich bei dieser Politikerin um eine Problempolitikerin handelt. Und es ist im Übrigen auch ein großes Glück für die CSU gewesen, äh, die hat innerhalb eines Winters den Ministerpräsidenten abgesägt. Stellen Sie sich mal vor, ich war ja mittendrin, die wäre immer noch in der CSU. Was da hätte passieren können!

Aber Gott sei Dank ist diese Versuchung … diese Heimsuchung aus dem Nürnberger Magergürtel jetzt bei den Freien Wählern gelandet. Die Ehe auf Zeit will sie einführen, ja Himmelherrgott, da kann sie sich ja gleich mit den Grünen zusammentun und die Kruzifixe aus den Schlafzimmern verbannen!

Wo kommen wir denn da hin, wenn das Sakrament der Ehe durch die freie Liebe von freien Wählern ersetzt wird? Das mag diese, diese, diese Person ja für sich so halten, aber muss man deshalb daraus ein Gesetz machen?

Das wäre ja so, als wenn der Bundeslandwirtschaftsminister Horst Seehofer allen Bauern nur noch dann Subventionen geben würde, wenn sie wenigstens einen folgenschweren Seitensprung in den vergangenen zwölf Monaten nachweisen können!

Wobei sich manche Politikerinnen von der Konkurrenz natürlich einen öffentlichen Seitensprung schon mal wünschen würden, damit sie überhaupt noch jemand kennt.

Gelegentlich machten Frauen dadurch Schlagzeilen, dass sie erst als Frau behandelt wurden und sich danach darüber beschwert haben. Der Fall Brüderle ist immer noch ein Begriff und war natürlich Thema in der Landtagskantine.

BECKSTEIN: Allmächt, Horst, wos schaustn so finster! Do könnt fei jedn Moment der Glücksrepodder von Bayern 3 kommen – da musst du lächeln!

SEEHOFER: Dafür, mein lieber Günther, bin ich Gott sei Dank zu rrrrraffiniert! Wer in diesen Tagen lächelt, lebt gefährlich!

BECKSTEIN: Ach red doch net so an Schmarrn. Lächeln ist doch wunderbor, richdich zerm!

SEEHOFER: Günther, das Ausmaß deiner Naivität ist schwindelerregend. Der Brüderle hat auch nur gelächelt an der Hotelbar, dann hat er von oben in ein Dirndl geschaut, in ein norddeutsches noch dazu, und er war der Herrenwitz in Person! Das passiert MIR nicht! Ich lächle nicht, ich rede mit keiner Frau, es sei denn, sie redet mit mir!

STOIBER: Einen schönen guten Dings, meine lieben, äh, meine Lieben! Ja, was ist denn los? Horst, warum schaust denn aus wie sieben Tage Regenwoche?

BECKSTEIN: Er lächelt nimmer. Wechn dem Brüderle!

STOIBER: Das kann mir nicht passieren! Ich habe das beste Verhältnis zu meiner Verwandtschaft, zu meinem, äh, Brüderle, zu meinem … Schwesterle.

BECKSTEIN: Naa, er maant den annern! Den von der FDP!

STOIBER: Ach so! Den Dingsele! Mit dem Dirndl! Und der Hotelbar! Das kann mir natürlich nicht passieren. Denn ich bin ja ein Trampeltier … nein … ein Kanonier … ein Kavalier alter Schule!

AYBOY
INTERVIEW
„Schwereloser Sex.
Das wäre doch was"

SEEHOFER: Das stimmt. Leider bist du ein paar Mal sitzen geblieben …

STOIBER: Ich weiß, wie man mit den Damen unter den Frauen umzugehen hat! »Gnädige Frau«, sagt man da non-galant, »Ihr Kopf und meiner – die sind aus demselben Holz geschnitzt!«

BECKSTEIN: Des is gut! Des mussi mer merkn … Aus demselben Holz … hähä!

STOIBER: Außerdem könnte mir das aus einem anderen Grund niemals passieren – das mit der Hotelbar!

SEEHOFER: Ach so? Verrate uns das Geheimnis, dann lächle ich vielleicht sogar wieder.

STOIBER: Ganz einfach! Ich zahle niemals im Hotel bar, sondern immer nur mit Karte …

Frauenquote, die

Eines Tages war es dann so weit: Es gab die Quote für Frauen. Und das sogar in Bayern. Die Frauenquote, die per Gesetz regeln soll, wie viele Frauen Männer ersetzen sollen. In der Landtagskantine äußerte sich Horst Seehofer, ein ausgewiesener Freund der Frauen, nicht aber von deren Quote.

SEEHOFER: Frauenquote, immer diese blöde Frauenquote …

BECKSTEIN: Was ist denn los, Horst? Hast du was gegen die Frauenquote?

SEEHOFER: So ein Schmarrn! Ich war einer der Ersten, der völlig freiwillig seine persönliche Frauenquote verdoppelt hat. Aber das bestimm ich immer noch selber – und nicht diese Krampfhennen in Berlin, die nur wegen der Frauenquote in Berlin sind. Was meinst du, Edmund?

STOIBER: Ich, äh, in meiner Eigenschaft als Ministerpräsident des ehemaligen Bayern … habe ja schon immer deutlich gemacht, dass ich … quasi … ein großer Freund der Frauen bin. Sie sind eindeutig das Beste in ihrer Art.

SEEHOFER: Und die Merkel? Die ist doch auch so eine Art Frau!

STOIBER: Zweifellos! Beziehungsweise keineswegs! Weil das ja klar ist.

SEEHOFER: Das wird immer schlimmer mit dem. Günther, du als Außenstehender –!

BECKSTEIN: Horch amoll, ich hab ja schließlich auch eine Frau ersteichert! Erobert, wollt ich sagen! Ich kenn mich aus, ich bin Expedde!

SEEHOFER: Ich mein doch: Du als Außenstehender … Protestant! Du gehörst ja nicht zu einer richtigen Kirche, sondern eher zu einer klerikalen Rating-Agentur. Was haltet ihr Ketzer denn von der Frauenquote?

STOIBER: Wie ich, glaube ich, schon ausgeführt habe, war ja schon zu MEINER Zeit die Frau an sich –

SEEHOFER: Nein, den anderen hab ich gefragt! Das wird immer schlimmer mit dem …

BECKSTEIN: Also wir Franggn halten uns gern an die Bibel. Und da is ja des Gschichtla drin von Adam und Eva. Perfekte Frauenquote: ein Mann, eine Frau! Also das Paradies!

SEEHOFER: Das stimmt nicht, Günther: Ein Mann, ZWEI Frauen: Adam, Eva, und DIE Schlange.

STOIBER: Entschuldigung, aber da muss ich mein Veto, äh, hinein … sagen: Im Paradies, da waren ZWEI Frauen und ZWEI Männer: Eva, DIE Schlange, Adam, DER Apfel!

SEEHOFER: Stimmt. Aber wenn man sich hier in der Kantine umschaut: alles männlich: DER Schweinsbraten, DER Apfelsaft, DER Apfelstrudel.

BECKSTEIN: DER Bedienung.

SEEHOFER: Hä?

BECKSTEIN: DER Bedienung ihr Serviertablett …

SEEHOFER: Nur das Wichtigste ist weiblich: DIE Rechnung …

Das Thema war ergiebig und hartnäckig. Um mit Stoiber zu reden: Es schwelte wie der Pfeil des Damokles über dem Kopf des Unheils. Wieder und wieder tauchte die Frage auf, noch dazu gestellt vom eigenen Parteifreund.

BECKSTEIN: Horchamoll Horst – ich hädd do amoll a weng Indresse an einer Fraache …

SEEHOFER (nachäffend)**:** »Ich hätte da gerne einmal ein wenig Interesse an einer Frage …« – Diese Franken machen mich wahnsinnig …

BECKSTEIN: Bist du als Minsterpräsent eichendlich für oder geechen die Frauenquote?

SEEHOFER: Kleinen Moment, ich schau auf die Uhr … – Um diese Uhrzeit bin ich dafür!

STOIBER: Sehr gut, mein lieber Seehühner, das ist auch genau meine Meinung! Ich habe das ja auch am Sonntag bei der Frau Jauch gesagt:

Die Frau an sich ist das Beste in ihrer Art! Nehmen Sie nur in London – diese eine da! Oder die andere. In Paris gibt es auch welche, und sogar in den USA, im Weißen Haus, die Frau Clinton! Die war bis vor Kurzem noch ein Mann, jetzt ist sie Ministerin!

SEEHOFER: Ihr beiden seid also auch für die Frauenquote, das freut mich! Das bedeutet aber, dass jeder dritte Arbeitsplatz mit einer Frau besetzt werden muss. WIR sind drei … wer geht?

BECKSTEIN: Ach so? Hähä … Da hobbi gor net drangedacht … Ich könnt ja amoll die Marga fraang, ob die am Donnerstag Zeit hat.

STOIBER: Oder MEINE Frau, die Dings! Die hat bestimmt am Donnerstag noch nichts vor.

SEEHOFER: Seid mir nicht böse, Männer, aber ich hab da eher an ein politisches Schwergewicht gedacht. Kompetent, erfahren, weltgewandt. Also wie die Heidi Klum oder die Sylvie van der Vaart.

BECKSTEIN: Aber horch amoll! Die Heidi Klum, die hoggt doch drüüm in Ameriga!

STOIBER: Und die Frau van der Falk ist doch aus dem Niederland! Aus den holländischen Niedrigländern! Die beiden Damen fallen ja gar nicht unter das deutsche Reinheitsgebot. Also unter die Reinheitsquote!

BECKSTEIN: Ehm! Da hadder recht, der Edmund! Da brauchst eher eine Frau Stamm oder eine Frau Haderdauer!

SEEHOFER: Da fällt mir ein: Es ist eine Minute später, und ich bin dagegen! Bis zum nächsten Mal, Männer!

BECKSTEIN und **STOIBER** (lachen dreckig)

Freie Wähler

Die »Freien Wähler« könnten den bayerischen Politikern egal sein, wenn nicht einige davon gewählt würden. 2008 erreichte die Partei, die keine ist, bei den Kommunalwahlen 19 Prozent und wurde drittstärkste Kraft hinter CSU (no-naa!) und SPD.

Es muss sich um einen Verein akrobatischer Fundamental-Bayern handeln, denn sie sehen sich in der Mitte des Parteienspektrums, haben aber keinen Kontakt zu den Programmen ihrer Konkurrenten. Stellen Sie sich vor, Sie stehen in einer Fahrstuhlkabine zusammen mit 20 anderen in der Mitte, haben aber keinen Kontakt zu ihnen. Respekt! Edmund Stoiber indes hält sich mit Bewunderung zurück.

EDMUND STOIBER: Wenn ich mir alleine die Freien Wähler anschaue.

Das ist ja ein Horrorkabinett!

Bis vor ein paar Jahren gab's bei denen wenigstens noch die Gabriele Pauli, da ham die Freien Wähler immerhin noch geglänzt! Vor lauter Lack und Leder! Das kennen Sie noch, dieses Foto, oder? Ich glaube, die Pauli war bei den Männern damit so populär, weil sie gedacht haben, sie riecht wie ein neues Auto.

Aber jetzt ist nur noch der Aiwanger übrig, man hat ja das Gefühl, außer dem Aiwanger gibt's bei denen eigentlich keinen.

Vielleicht ein, zwei irrlichternde Schlagersänger, aber sonst: nur Aiwanger. Und trotzdem hat der bei der letzten Landtagswahl über zehn Prozent geholt! Ja, kein Wunder! Haben Sie mal den Fernsehspot von den Freien Wählern gesehn? Ein Quadratschädel von Landwirt,

FREIE WÄHLER

der wenn spricht, ist die eine Hälfte des Satzes unverständlich und die andere Hälfte ein rechter Schmarrn. Ja, kein Wunder, dass zehn Prozent der Wähler da gedacht haben: Der muss von der CSU sein, den wähl ich!

Der Aiwanger ist ja bisher unverheiratet. Der lebt ja im Wesentlichen mit 20 Milchkühen und 50 Zuchtsauen zusammen. Gut, sein Privatleben, das ist seine Sache, das soll man raushalten aus der politischen Auseinandersetzung. Ich selbst hatte immer größtes Interesse daran, dass mein Privatleben aus der politischen Auseinandersetzung herausgehalten wird. Aber wenn es den Aiwanger als notorischen Junggesellen schon in die Öffentlichkeit zieht, warum dann in die Politik?

Für ledige Landwirte gibt's doch andere Möglichkeiten, bekannt zu werden! Bauer sucht Frau!

Grüne

Die Bayern und die Grünen – sie haben sich nicht auf Anhieb vertragen. Dabei gibt es sie schon seit 1977, und ein Jahr später traten einige grüne und alternative Gruppierungen zur Landtagswahl an. Für die 204 Kandidaten gab es 1,84 Prozent der Stimmen. Stürmische Liebe sieht anders aus.

1984 aber war die Zahl der Ortsverbände auf 130 gestiegen, und 1986 schafften sie den Einzug in den bayerischen Landtag mit 7,5 Prozent.

Lange vor der Forderung nach dem »Veggie-Day« zeichneten sich die bayerischen Grünen durch unerschrockene Vorschläge aus, in Erinnerung ist noch der Wunsch nach einem Benzinpreis von 5 Mark pro Liter. Was man in München erstaunt zur Kenntnis nahm: Immer mehr Bürgermeister in kleinen und kleinsten Gemeinden waren grün, am bekanntesten wurde der tragisch früh verstorbene Sepp Daxenberger.

Heute gehören die Grünen zur festen Stammbesetzung des Bayerischen Landtags – und sind ein rotes Tuch für Edmund Stoiber.

EDMUND STOIBER: Ein bayerischer Ministerpräsident, das muss ein Mann sein,
der durch und durch bayerisch ist,
der sich in der Kommunalpolitik über viele Jahre bewährt hat,
der einen eigenen Hof bewirtschaftet,
der in jedem Winkel seines zirbelverkleideten Hauses ein Herrgottseck eingerichtet hat.

Und welche Partei hat genau so einen Spitzenkandidaten? Die Grünen!

Ja, das ist doch eine Schande, dass ein Mann wie der Sepp Daxenberger nicht in der CSU ist. Da ist es doch kein Wunder, dass wir für dieses international bedeutsame Spitzenamt auf einen zwangsassimilierten fränkischen Protestanten aus einem Nürnberger Problemstadtteil zurückgreifen müssen!

Andererseits muss man natürlich dem Himmel danken dafür, dass der Daxenberger die Grünen im Rücken hat. Das ist nämlich das einzig Gute an dieser Partei, dass sie immer dann, wenn sie in den Umfragen steigt, mit einer vollkommen abschreckenden Schnapsidee aufwartet.

Religiöse Symbole wollen sie aus den Schulen verbannen! Da sage ich: Wehret den Anfängen! Wer heute das Kruzifix von der Wand nimmt, der wird morgen auch nicht davor zurückschrecken, das Porträt des Ministerpräsidenten abzuhängen! Und wenn der Ministerpräsident, also gewissermaßen ich, einmal abgehängt bin, dann sind es sehr bald auch unsere Kinder!

Dann ist es bald vorbei mit unserem PISA-Vorsprung, weil die Schüler niemanden mehr haben, dem sie nacheifern können. Noch spielen bayerische Kinder mit ihrem Wissen in der Champions League. Schon Erstklässler können komplizierte mathematische Gleichungen lösen wie zum Beispiel 50 plus x! Und sie wissen auch, dass ein x ins Minus rutschen kann und damit das Ergebnis weniger sein kann.

Aber wenn die Grünen sich mit ihrer teuflischen Idee durchsetzen würden, dann wär damit bald Schluss! Natürlich wird es so weit niemals kommen, schon allein deshalb, weil die Grünen auch diese Claudia Roth in ihren Reihen haben.

Ich sage Ihnen, wenn ich diese Person aus Augsburg sehe, dann frage ich mich, ob man nicht besser der Übersichtlichkeit halber das gesamte bayerische Schwaben an Baden-Württemberg abtreten sollte.

Oder ob der Islam nicht doch auch was Gutes hat, weil in Saudi-Arabien werden Frauen wie die Roth in eine Burka gesteckt, und in der Politik mitreden dürfen s' eh nicht, und das ist zwar grundsätzlich auf das Schärfste zu verurteilen, aber im Fall von Frau Roth wäre es auch außerordentlich segensreich!

Cem Özdemir! Auf den ersten Blick könnte man meinen, der Özdemir ist von allen am wenigsten bayerisch, der kommt schließlich aus der Türkei. Weil ich aber bekannterweise gelegentlich genauer hinschaue, muss ich sagen, der Özdemir kommt dem Bayern noch am nächsten. Seine Eltern gehören nämlich zum Stamm der Tscherkessen, und die sind in der Türkei eine Minderheit, deren Sprache kaum jemand versteht.

Und wie wir Bayern sind sie stolz darauf!

Die Männer der Tscherkessen zeichnen sich dem Vernehmen nach durch Kühnheit, Verlässlichkeit und Großzügigkeit aus. So wie wir Bayern.

So viel zum tscherkessischen Idealmann. Dann gibt's bei den Tscherkessen auch noch das Ideal der Frau. Laut Wikipedia schaut die ideale Frau an der Seite des Tscherkessen so aus, ich zitiere: »Großer und schlanker Wuchs und charakterlich die Eigenschaft auf anständige, zurückhaltende Art und Weise sich zu geben und zu reden«. Und da frage ich mich: Warum duldet der Cem Özdemir dann an seiner Seite jemanden wie die Claudia Roth? Und kann jemand, der seine eigene Kultur derart verrät, glaubwürdig in einem bayerischen Bierzelt auftreten? Nein!

Was ist denn mit diesem Faustpfand, diesem Dosenblech, diesem Trittin? Der Vater des Dosenpfands, liebe Red-Bull-Trinker!

Was für eine Bilanz einer politischen Laufbahn: Vater des Dosenpfands! Dieser politische Leergutsammler! Natürlich kann nicht jeder eine Bilanz vorweisen wie ich. Nicht jeder ist, wie ich, der Vater des ausgeblichenen Saustalls. Und auch die Idee mit dem Veggie Day, dem Vegetarischen Tag, ist abgekupfert. Wir haben den in Bayern seit Erfindung der CSU vor 2000 Jahren. Er heißt bei uns Gründonnerstag.

Guttenberg, Karl-Theodor Maria Nikolaus Johann Jacob Philipp Franz Joseph Sylvester Freiherr von und zu

Plötzlich war er da, der Mann mit den vielen Vornamen und dem vielen Gel im Haar. Bis Ende 2007 kannte man ihn bestenfalls in seinem Heimatort, der so heißt wie er, nur ohne die vielen Vornamen. Und ein Jahr später machte ihn Horst Seehofer zum Generalsekretär der CSU, und ein weiteres Jahr später war er bereits Minister für Wirtschaft und Technologie. Die weitere Biografie ist bekannt. Eine Laudatio von E. Stoiber.

EDMUND STOIBER: Wie oft habe ich dem Guttenberg gesagt, Karl-Theodor, du sollst einmal in meine Fußnoten treten. Rücktritte stapfen. Spreizfüße rücken.

Aber ich muss zugeben: Auch ich habe diese Plagiatsaffäre am Anfang unterschätzt. Als ich gehört habe, der Guttenberg hat in seiner Doktorarbeit abgeschrieben, da habe ich zunächst Verständnis gehabt. Ein junger Familienvater, aufgerieben mit der Doppelbelastung seiner beiden Ämter: Adliger und von Beruf Sohn.

Wenn der bei seiner Doktorarbeit auf Standardwerke der Rechtswissenschaften zurückgreift. Sich bedient bei herausragenden Vertretern der Omnipotenz, äh, Jurisprudenz. Da muss man Verständnis haben. Und außerdem steht ja auch in meiner Doktorarbeit einiges drin, was für den Guttenberg von großer Bedeutung sein musste.

Aber dann habe ich erfahren: Der Guttenberg hat überhaupt nicht bei mir abgeschrieben! Der hat sich wirklich bei der kompletten deutschen Wissenschaftsgemeinde bedient und das halbe Internet verwurschtelt, nur von mir hat er keine Silbe übernommen!

Und da frage ich mich: Wo bleiben da die wissenschaftlichen Standards? Was wir brauchen, sind Laptop und Lederhose und nicht Copy und Paste! Und das Schlimmste: Mit seiner Dilletantion, äh, Dissertation hat er diese Horde von Plagiatsjägern ja erst richtig angestachelt, überall nach Abgeschriebenem zu suchen! Und ausgerechnet bei meiner Tochter sind diese Wegelagerer des Urheberrechts fündig geworden. Und jetzt heißt deren Internetseite Vroniplag! Und meine Tochter heißt wieder Veronica statt Doktor! Und alles nur wegen dieser Mogelpackung aus Oberfranken!

Gut, im Nachhinein fragt man sich natürlich: Hätte man nicht viel früher wissen müssen, dass bei dem Guttenberg irgendwas nicht stimmt? Und tatsächlich, wir alle waren blind. Gel in den Haaren und auf dem T-Shirt steht AC Blitz DC, wenn das nicht verdächtig ist! Und wenn wir alle blind waren, dann bedeutet das natürlich, dass wir alle daraus lernen müssen! Wer heute als Hoffnungsträger gilt, kann schon morgen als Windbeutel der Bettvorleger des Tigers sein!

Und das heißt natürlich im Umkehrschluss: Wer heute noch zum Alteisen gezählt wird, dessen Stern kann schon morgen wie Edmund aus der Asche wieder aufsteigen!

Und an mir werden sich diese Plagiatsjäger die Zähne ausbeißen! Ich habe im Jahre 1971 an der Universität München meine Dissertation eingereicht mit dem Titel »Der Hausfriedensbruch im Lichte aktueller Probleme«. Wobei ich gleich auf Seite drei darauf hingewiesen habe, ich zitiere, »dass der Sitz der Probleme im Deliktaufbau häufig ein verschiedener ist«. Ja, glaubt denn irgendjemand im Ernst, dass man so was irgendwo abschreiben kann? Dass irgendjemand außer mir so formulieren würde? Eben!

Und deshalb, liebe Freunde, rufe ich euch zu: Bayern braucht wieder Spitzenpolitiker, deren Doktorarbeiten unangreifbar sind. Deren Stern schon allein deshalb nicht morgen wieder verglüht, weil er bereits vorgestern untergegangen ist!

Im Vergleich zu mir sind der Ude und der Seehofer doch beide Pflegestufe drei!

Ich sage Ihnen, ich bringe Bayern noch einmal zum Leuchten!

Wieder und wieder wurden Gerüchte laut, die ein Comeback des Guttenberg aus Guttenberg für bereits vereinbart hielten. Telefonate und Treffen von Seehofer mit dem mittlerweile Geläuterten gaben diesen Gerüchten Nahrung. Natürlich auch dort, wo man Nahrung zu sich nimmt …

STOIBER: Mahlzeit, mein lieber … Dings! Was habe ich denn da vor Kurzem von dir im Fernsehen, äh, gelesen?

BECKSTEIN: Von mir leider scho lang nix mehr …

SEEHOFER: Es kann ja nur etwas von MIR gewesen sein! Kannst du dich noch an den Tag und noch besser an die Uhrzeit erinnern, Edmund? Dann kann ich dir vielleicht sagen, wie ich mich da gerade umentschieden habe.

STOIBER: Mein lieber, hochverehrter … Horst! Du hast das, äh, sehr richtige Angebot … angeboten, dass der Freier zurückkommen soll!

SEEHOFER: Welcher Freier? Das wird immer schlimmer mit dem …

STOIBER: Freiherr! Dieser Fürst mit den vielen Vornamen, der den Blutdruck erfunden hat!

SEEHOFER: Vornamen? Blutdruck?

BECKSTEIN: Den Guddenberch maant er, der Edi! Unsern zweibesten Franken!

SEEHOFER: Das stimmt! Das war ausnahmsweise kein Spassss, sondern mein voller Ernst! Wir haben zu wenig Politiker mit Format in unserer Partei!

STOIBER: Ich muss dir da voll … in deine Kerbe treten, mein lieber Dings! Man sollte viel, viel mehr verdiente, herausragende Politiker wieder zurück … in die Arena … des Löwen holen. Und ich habe da eine weitere … Persönlichkeit im Auge, die ihr Pulver … noch keineswegs … im Trockenen hat und für verantwortungsvolle Aufgaben … ohne Weiteres …. Und dann könnte man … in aller Ruhe … auch noch einmal über den Transrapid … ?

BECKSTEIN: Horst, der maaant sich!!!

SEEHOFER: Edmund … da können wir drüber reden. Aber erst einmal kaufst du dir beim Konsul Weyer einen Adelstitel. Danach fälschst du bei der Uni Bayreuth eine Doktorarbeit, dann bereust du das zehn Jahre lang, und dann holen wir dich zurück als Ministerpräsident!

STOIBER: Heute in zehn Jahren? Das geht leider nicht, da bin ich beim Seniorenturnen.

Holz vor der Hüttn, das

Der Volksmund (oder ein cleverer Tourismusexperte) will wissen, dass die Bayerin gegenüber ihren nichtbayerischen Geschlechtsgenossinnen über zwei besondere Vorzüge verfüge. Viele Generationen von fensterlnden bayerischen Männern, vor allem in Fremdenverkehrsgebieten, haben sich unermüdlich große Mühe gegeben, den Vergleich anzustellen. Über das Ergebnis ist leider nichts bekannt, eine Statistik zu diesem Thema liegt nicht vor. Also bleibt dem gebürtigen Bayern und dem Besucher nichts anderes übrig, als persönliche Fallstudien anzustellen. Feministinnen mögen das Thema nicht. Dummerweise hat aber die Geschichte der bayerischen Damenoberbekleidung ein Modell evaluiert, das die Oberweite nicht versteckt, sondern präsentiert und vergrößert: das Dirndl. Nicht umsonst benützt der Bayer dieses Wort sowohl für die Verpackung als auch für den Inhalt. Den gesamten, wohlgemerkt.

Mehr darüber von jemandem, der in diesem Zusammenhang mit seinem Expertentum überraschen mag: der Ministerpräsident des ehemaligen Bayern.

EDMUND STOIBER: Es gibt ja zwei politische Geschichten zum Dirndl: Erstens die Marga Beckstein. Die wollte keins anziehen …

Zweitens: Der Brüderle. Der ist Experte für Dirndl und Formulare. Er weiß, wie man beides ausfüllt.

Eigentlich sag ich über die FDP nix! Rösler und Brüderle. Zugegeben, man muss sie entschuldigen. Der Rösler ist noch nicht ganz volljährig.

Und Brüderle, wenn man den Zeitungen glaubt, ganzjährig voll.

Warum treibt sich der Brüderle, dieser notgeile Braubock, äh, Blaue Bock um Mitternacht an einer Hotelbar herum? Warum hat er um diese Zeit schon Feierabend? Und dann bietet er dieser Journalistin vom anderen Stern seine Tanzkarte an!

Und bescheinigt ihr, dass sie ein Dirndl ausfüllen kann!

Wenn hier in Bayern eine Frau gesagt bekommt, dass sie ein Dirndl ausfüllt, dann nimmt sie das als Kompliment.

Früher, als ich noch im vollen Saft stand … ja ich habe ja früher auch oft eine kesse Polin auf Jackett gelegt …, äh, eine Sohle auf Parkett genagelt.

Also früher zu meiner Zeit, da hat man eine Bierzeltbekanntschaft angerempelt und wenn sie zruckgrempelt hat, dann hat man gewusst: Wir zwoa kean zsamm. Und den Rest hat man dann auch gleich noch hinter dem Bierzelt erledigt. OHNE TANZKARTE!!!

Leider gar kein Experte auf diesem Gebiet ist unser erfolgloser Freund aus dem Allgäu, drr Rainrr.

RAINRR: Hallo Freunde! I bin's, der Rainrr, der Langzeitsingle, das Juwel unter den Schwervermittelbaren! Wisst ihr no, was i vor ein paar Monaten gsagt hab? Die Cinderella57, des isch meine Traumfrau, und wenn's mit der klappt, dann zieh i mit ihr nach Mecklenburg-Vorpolen und komm nie mehr wieder! (Strahlend) Und hier bin i!

Hat it sollen sein mit dr Cinderella. Schad eigentlich. Augen wia zwei Bergseen. So blau. So klar. Und so weit oba. Fascht zwoi Metr hoach. Viel Frau fürs Geld. Aber wie sagt dr Lederle-Joe immer: »Mal bischt du Taube, mal bischt du Denkmal.«

Der Lederle-Joe geht mir grad ziemlich auf die Nerva mit seinr Angeberei. Da sagtr, er hot sich ein Grundstück kauft, des isch so groaß, dass er einen Tag braucht, bis er es oimal mit seinm Auto abgfahra hot. I weiß, hab i gsaid, so ein Auto hau i o amol ghäd …

Aber er kas halt mit die Weibr! (versucht hochdeutsch) Also mit den Damen untr den Frauen. Und da hot ar mir an Suprr-Tipp gea, und den gib i jetzt weitrr. Au an di da vorne, dich kenn ich doch, du bisch jedsmal da, und jedsmal alloi. Hascht du koi Frau odr nur eine zum Aufblosa? Also, dann pass auf!

I sag nur: Schulanfang. Mittags vor d' Schual stella, so tua, als würd man a Kind abholen wollen – und dann ran an die Muttr! I sags sicherheitshalber dazu: Wenn ihr eine Frau sucht OHNE Kind, dann könnt's ihr die Methode gleich vergessa. Dann müsst ihr halt weiter paarschiffen. Aber wenn's euch wurscht isch, dann gibt's nix Besseres als Schulschluss in der Grundschule. Der Parkplatz voll mit SUV! Mein Tipp: Porsche Cayenne!!! Da macht's ihr keinen Fehler. Und dann warta, bis dr Rotzlöffel zur Mama rennt, dean richtiga Zeitpunkt erwischa und dann saga: »Was für ein reizendes Kind, des wird bestimmt amol der neue Dieter Bohlen!«

Ich verrat's euch ganz im Vertrauen. Mein Favorit isch die Mutter vom kleinen Noah aus der 1B. Sooo eine Ausstrahlung (unterstützt die Aussage pantomimisch). Wenn dia ins Klassenzimmr kommt, wird's finschter, weil ihr Ausschnitt so tiaf isch. Die hab i in Arbeit. Die Frau ghört mir! Fingr weg vo der Grundschule Geierwang, sucht euch ein anderes Revier, sonst werd i ungemiatlich!

Abr wenn's mit dr Mutter vom Noah klappt, na zieh i mit ihr nach Sachsen-Anhalt und komm nie mehr wiedr.

Also dann – bis zum nächschta Mol!

Internet, das

Im Land des Laptops und der Lederhose darf natürlich auch das Internet nicht fehlen. Zum Heilsbringer hat sich Markus Söder ausgerufen, der sich wie folgt bei den Netz-Junkies beliebt machen möchte.

MARKUS SÖDER: Ich fahr ja gern übers Land. Erschdens weil Bayern so schön is, und siebtens Spitzenreiter in Deutschland und viertens weil ich das Internet vorbeibring. Ich bin ja so eine Art wandelnde Kabeltrommel der Staatsregierung.

Mein Motto lautet: Kriegt das Dorf die Datenleitung, steh ich morgen in der Zeitung.

Zumal ich nicht nur das Internet bring. Sondern gleich noch den Förderbescheid für die nächsten zehn Jahre. Weil was machen die Leut wenn das schnelle Internet erstmal da ist? Shoppen!

Du kannst ja mit einer alten ISDN-Verbindung nicht online einkaufen. Da hat sich ja dein Bauchumfang um drei Größen erweitert, bis der Warenkorb mit der Slimfit-Jeans angezeigt wird!

Aber mit Highspeed, da erwacht der Kaufrausch!

Wenn der Bürgermeister Schnapflhuber aus Ödmannsried zum ersten Mal im schnellen Internet unterwegs ist, dann gerät er in Konsumekstase! Dann will er eine neue Kläranlage mit Bachblütenextrakt und Harfenmusik und kirgisischen Marmor auf der Rathaustreppe! Und dafür braucht er Zuwendungen.

Schon Bismarck hat gwusst: Politik ist die Kunst des Machbaren. Da stecken ja die Wörter »Macht« und »Bares« schon drin!

NOPQRSTUVWXYZ

Auch Horst Seehofer hat versucht, sich bei der Generation Netz anzuwanzen und lud zu einer Facebook-Party in einen angesagten Münchner Club ein. Allerdings mit eher peinlichem Ergebnis, das in der Landtagskantine diskutiert wurde.

BECKSTEIN: Da schau her! Der Edmund! Was tippstn da die ganze Zeit in dei Händy nei!

STOIBER: Mein lieber, äh, Günther Grabstein, das verstehst du nicht, das sind die neuen Medien!

BECKSTEIN: Die neuen Mädchen?

SEEHOFER: MEDIEN meint er! Aber wenn der Edmund von »neuen« Medien spricht, dann meint er vermutlich damit die Brieftauben.

STOIBER: Da bist du aber ordentlich auf dem Holzbein! Ich bin nämlich gewissermaßen vernetzt! Also quasi online. Ich kann aber trotzdem frei herumlaufen!

SEEHOFER: Naja. Wenns nach MIR ginge, müsste man da schnell was dran ändern …

STOIBER: Denn das, was du kannst, lieber Dings, das kann ich auch! Ich habe jetzt zu meiner ersten Faakebuck-Party eingeladen. Im Interdings! Im Zwischennetz!

BECKSTEIN: Hähä. No, des woor ja ka so großer Erfolch für den Horst vor aaner Wochn. Jetzt willst dus aaa amoll a weng probiern, Edmund?

STOIBER: Selbstverständlich. Ich war ja schon immer technisch auf dem neuesten Stehpult! Ein Denker in der Wüste! Ein bayerischer Daniel Kübelböck. Kübeltrieb. Düsentrieb! Wenn Sie zum Beispiel am Münchner Hauptbahnhof – in zehn Minuten –

SEEHOFER: Is scho recht, kannst ruhig aufhörn mit dem Schmarrn. Wo findet denn deine Party statt?

STOIBER: Na bei mir zu Hause in Wolfratskirchen! In meinem Hobbykeller! Wenn ich da meine 300 Zinnkrüge auf die Seite schiebe, passen da leicht so viele Menschen hinein, wie in das Lokal zu dem Horst gekommen sind.

SEEHOFER: Erinnere mich bitte nicht DARAN! Hätt ich das nur gleich bei dir gemacht statt in dem blöden P1. Eine saublöde Idee von dem Dobrindt …

BECKSTEIN: Komisch, Edmund, ich hob noch gar ka Einladung von dir! Ich dät fei arch gern kommen zu deiner Falschbuch-Paardy!

STOIBER: Das, äh, kann schon sein. Um genau zu sein: Noch NIEMAND hat eine Einladung. Denn dazu müsste ich ja quasi erst einmal HINEIN in dieses Netz! Und im Moment hab ich leichte Schwierigkeiten mit meinem, äh, telefonischen Fernsprechgerät …

BECKSTEIN: Geht's net, des klaana Freggerla?

STOIBER: Doch, schon! Also telefonieren kann ich damit nicht. Dafür ist aber gestern Abend vier Stunden lang die Garagentür auf und zu gegangen.

SEEHOFER: Das wird immer schlimmer mit dem …

Jammerlappen, der

Gejammert wird eigentlich selten in Bayern. Es sei denn, man spricht einen eher weinerlichen Dialekt (wie zum Beispiel im Allgäu) und man hat keinen Erfolg in den wichtigen Bereichen des Lebens. Wie unser armes Schwein aus Geierwang, der schwer vermittelbare Langzeitsingle Rainrr:

RAINRR: (ins Publikum) Kloi Moment, i hab's glei! (Schreibt in den Laptop:) »… und so hoffe ich, liebe Cinderella68, dass du es dir vielleicht noch einmal überlegscht mit mir. Das Foto von mir entstand bei sehr schlechter Beleuchtung, und eigentlich zeigt es gar nicht mich.« – Oh, des isch schlecht … (Schreibt:) »Sondern meinen Bruder. Meinen Zwillingsbruder!« – Oh, das könnt man falsch verstehen … (Schreibt:) »Er ist ein eineiiger Zwilling, aber bei mir ischt alles in Ordnung!« – Enter und ab damit zum Paarschiff.

Ja, ihr habt's gemerkt, ich paarschiffe. I bi drr Rainrr aus Geierwang. Dem Schwungrad vom Allgäu. Kennadr Geierwang? Es isch it so, dass es da keine Frauen gäb. Vor Kurzem isch eine ganz lang hintrr mir gloffa. Irgendwann bleib i schtau und dreh mi um: »He, Mädla, warum läufsch du denn die ganze Zeit hinter mir her?« – Da sagt sie: »Jetzt, wo di umdresch, frag i mi des o …«

Komm, komm, jetz tuad it so, des Problem kennadr doch au! Vor allem du da vorne mit dem Geischterbahn-Gsicht! Dir bleibt doch o nur des Paarschiff, oder?

Ich kenn ja zum Glück den Lederle-Joe, den Frauenbesteher aus Geierwang. Des isch mei Beziehungscoach. Denn es isch ja it so, dass bei mir GAR nix geht. Noi noi! I würd zum Beispiel gern wieder einmal die Heidi Klum küssen wollen. I haus no nia, abrr gwollt hab ich scho oft!

Also wenn ihr wiedr amol paarschifft, dann hätt i da a paar Suprr-Eröffnungssätze. Denn es isch ja wie bei ar Zuchtviehversteigerung: Der erschte Eindruck entscheidet!

Was hat er mir da aufgschrieben, der Lederle-Joe? … (Er kramt in der Tasche und schielt auf etwas in seiner Hand:) »Wer das Rauchen aufgibt, verringert das Risiko tödlicher Herz- und Lungenkrankheiten.« – Halt, nein, falsche Täscha … Da isch des Richtige! Herhörn alle mitnandrr: »Was bekommt man, wenn man eine Krake mit einer Frau kreuzt? Eine Spitzenputzfrau!«

Hammer, oder, der Lederle-Joe? Das probier i jetzt gleich bei der Cinderella68! Ich glaub, da geht was! Beziehungsstatus: geschieden. Find i it schlimm. I find a Scheidung sogar ebbas Guats! Wenn's keine Scheidung gäb, hätten viele Frauen ÜBERHAUPT koi Einkommen!

Der Lederle-Joe ischt da ja eiskalt. Der sagt: Rrainrr, sagt er zu mir, irgendwo da draußen gibt es die Frau, die für dich bestimmt ist. Blöderweise sind halt so viele Planeten noch nicht entdeckt …

Wisst ihr, was i mach, wenn i mi nach einer Frau sehne? Also eigentlich immr? Abrr it nach einer ausm Computar, sondern noch einer richtiga? Und wenn ich mr wenigschtens einbilden will, dass i so was wie Sex hab?

Dann nehm i mir a Anhalterin mit. Dia sitzt dann teilnahmslos neben mir und sagt »it so schnell, it so schnell … « (Klappt den Laptop zu.)

Übrigens, i fahr jetzt hoim nach Geierwang. Im Handschuhfach sind Toffifee …

Kuh, die

Manchmal lasse ich meine Figuren auch durchaus unkomische Dinge sagen. Zum Beispiel dann, wenn es um unkomische Dinge geht. Wie um die bayerische Kuh. Und damit um die bayerische Milch. Ein Dauerdrama: Die Milch wird immer billiger, immer weniger Bauern haben immer mehr Kühe. Da muss einer wie unser Landesvater her – wenn auch nur in Kopie.

HORST SEEHOFER: Was schätzen Sie, wie viel Umsatz die bayerische Milchwirtschaft im Jahr macht?

Das muss jeder Bayer wissen …

Es sind 9,4 Milliarden Euro.

Circa ein Viertel der gesamten DEUTSCHEN Milch und etwas mehr als ein Drittel des Deutschen Käses wird jährlich in Bayern produziert. Kurz ein paar Zahlen:

Knapp 8 Millionen Tonnen Milch werden jährlich in Bayern angeliefert. Diese stammen von circa 1,2 Millionen Kühen aus circa 35 000 Höfen. In Bayern gibt es 88 Molkerei-Betriebe. Von der kleinen Hofkäserei bis zum internationalen Konzern. So viele Molkereien und Käsereien wie in Bayern gibt es in keinem anderen Bundesland.

In Bayern werden über 400 verschiedene Käsevarianten hergestellt. Neben Standardsorten wie Camembert, Emmentaler und Mozzarella haben die Käsemeister auch zahlreiche Eigenkreationen sowie typische bayerische Spezialitäten wie z. B. Romadur, Weißlacker oder Obazda im Programm.

Eine Besonderheit sind der Allgäuer Emmentaler und der Allgäuer Bergkäse, beide Käsesorten wurden von der Europäischen Union mit dem Zeichen »Geschützte Ursprungsbezeichnung« ausgezeichnet und werden aus Emmentaler Milch, die Österreicher nennen sie Heumilch, produziert.

Bitte lassen Sie sich heute auch hier am Stand erklären, woran man sieht, ob die Milch, die man einkauft, aus Bayern kommt. Da gibt es ein Zeichen, eine Ellipse, und da sind die Buchstaben BY drauf, das müssen Sie sich zeigen lassen, nicht dass Sie am Ende eine preußische Milch kaufen, im Milchland Bayern.

Länderfinanzausgleich, der

Reiche deutsche Bundesländer unterstützen arme, das ist das Modell. Ein höchst unschönes, wie Bayern und Hessen finden, die sogenannten Geberländer. Dabei war Bayern früher einmal selbst Nehmerland, wie das Mini-Bundesland Bremen in Erinnerung zu rufen nicht müde wird. Die Zeiten sind allerdings längst vorbei, und so unterschreibt der bayerische Finanzminister jeden Monat ein Überweisungsformular, mit dem er zum Beispiel dem Saarland oder Mecklenburg-Vorpommern gewaltige Summen zukommen lässt. Und auch dem Land Berlin, das das Geld verwendet, um es in den schönen Flughafen zu stecken. Oder um jedem Berliner Neugeborenen einen Kindersitz zu schenken. Das behauptete Markus Söder in einer Talkshow, obwohl es nicht stimmt, aber es klingt gewaltig nach Stunk.

Hessen und Bayern haben 2003 beim Bundesverfassungsgericht Klage eingereicht. Das Urteil wird an dem Tag mitgeteilt, an dem der Berliner Flughafen eröffnet wird.

Markus Söder machte sich seinem Ärger über dieses Zahlungssystem in der Landtagskantine Luft.

SÖDER: So, jetzt blatzt mer der Kroong, jetzt langtsmer, jetz is over!

SEEHOFER: Markus, was ist los, du klingst ja wie der Schäuble auf Fränkisch!?

STOIBER: Oder wie der Franz Josef Strauß auf der Weihnachtsfeier der SPD!

SÖDER: Jedn Monat muss i an Haufn Geld nüber schiem nach Berlin oder ins Saarland oder nach Megglenburch-Vorbommern. Aber damit is jetzt Schluss! Out! Over! Roger!

SEEHOFER: Markus, ich verstehe deinen Ärger, aber so will es nun einmal das Gesetz.

STOIBER: Und dass das Gesetz das, äh, Gesetz ist, so steht es nun einmal im Dings. Im Gesetz. Wie der Name ja schon sagt …

SÖDER: Jetzt bassd amoll auf, ihr Weichmänner. Ich mach's jetzt wie die Griechen. Mir sind Gesetze wurscht und Verdrääche. Ich fahr ab morchen Modorrad und schmeiß meine Krawaddn weg. Dann stellmer sofort die Zahlungen an die Nassauer ausm Norden ein und machen uns a schöne Zeit in Franken. Und im andern Bayern. Dann lossmer uns verklaachn, und dann prozessier mer, und dann gibts a Uldimaadum und dann noch aans, und verschlebbmers, und bis des Ganze vorm Bundesverfassungsgericht landet, simmer längst in Bengsion und hoggn auf Mallorga.

STOIBER: Das ist ja großartig, mein lieber Dings! Nieder mit den Horden aus dem Norden! Schickt das Saarland in die Pleite! Bremen den Hamburgern! Berlin zurück nach Bonn!

SEEHOFER: Markus, du arbeitest mir das bis morgen aus. Dann machst du uns den Varoufakis aus Nürnberg, lässt dich vom Schäuble beschimpfen, aber wirst der Robin Hood von Bayern.

STOIBER: Und ich hätte als Ausgleich ein Geschenk an die verarmten Bundesländer, mit dem sich dann wieder beliebt machen kann: den Transrapid.

SÖDER: Sehr gut, Edmund, da liechn ja noch a boor Schienen rum, die baumer in Rostock wieder auf, da werns eine Freude haben, und mir sin den Blunder los.

STOIBER: Getreu meinem alten Wahlspruch: Das eine nicht tun und das andere lassen, so kann man das Unangenehme mit dem Nutzlosen verbinden!

Das Thema bleibt virulent. Einige Wochen später:

SÖDER: So, etz amoll a weng Klartext, Freunde: Ich als bayerischer Finanzminister bin der Minister für bayerische Finanzen, erstens, und achtens nadürlich auch. Und ich saache euch: Etz is amoll a weng Schluss mit lustich! Mir blechen in aaner Duur für die Griechen, und des alles vo meinem Geld! Dabei könntn des die Franggn viel besser brauchen!

SEEHOFER: Markus, ich gebe dir ausnahmsweise recht! Aber wenn erst einmal die Maut kommt, dann wird auch wieder etwas für die Autobahn München–Nürnberg abfallen!

SÖDER: So a Gschmarri! Mit der Maut vom klann Dobrindt konn ich mir höchstens die Maulwurflöcher in meim Gaddn stopfen, mehr net. Wos uns kabudd macht, sind die ewichen Zahlungen, auch die innerdeutschen.

STOIBER: Und genau da muss ich auch einmal meinen Hut in die Waagschale beuteln! Also im Grunde genommen meinen Senf in die Kasse schmieren! Ich als Ministerpräsident des ehemaligen Bayern kann nur an Europa appellieren: Schluss mit den Zahlungen ans Saarland. Oder Mecklenburg-Vorpolen. Oder Bremen! Die existieren ja alle nur noch, weil WIR ihnen permanent unter die Räder greifen! Milliardensummen wandern in diese Miniatur-Ritterburgen! Und eine Milliarde, das ist eine gewaltige Summe, das sind ja … gewissermaßen … viele Millionen!

SEEHOFER: Das stimmt natürlich, Edmund, aber daran können wir im Moment nichts ändern. Das ist eben der Fluch des Finanzausgleichs.

SÖDER: Wos haßt da Fluch? Ein Verbrechen is des, gechn die Menschlichkeit!

STOIBER: Genau! Das erregt mein öffentliches Ärgernis!

SEEHOFER: Und? Was habt ihr denn für eine Lösung, ihr Rohrspatzen?

STOIBER: Eines Tages geht das Saarland pleite! Und die andern auch! Dann treten sie aus dem Euro aus, und am Schluss bleibt nur noch Bayern übrig. Aber dann treten wir AUCH aus und schaffen den Euro ab. Wir ersetzen ihn durch eine neue Währung, und zwar den STOIBER! Die härteste Währung seit der Steinzeitkeule! DAS ist die Zukunft für Bayern und damit im Grunde genommen gewissermaßen auch für Europa!

SEEHOFER: Des wird immer schlimmer mit dem …

SÖDER: Genau! Nieder mit dem Euro, es lebe der Stoiber!

SEEHOFER: Diese Franken machen mich wahnsinnig …

Landflucht, die

Eine dramatische Entwicklung: Die Dörfer veröden, die Großstädte wachsen. Einige kleine Gemeinden stemmen sich dagegen, können aber den Trend kaum stoppen.

Schorsch Scheberl, ein erklärter Fan des Landlebens, hat eine Idee, wie man die Abwanderung der Jugendlichen stoppen kann.

SCHORSCH SCHEBERL (wütend)**:** Ein Scheißdreck is des Ehrenamt! (Stolz darüber, dass er es jetzt allen gesagt hat:) I bin der Schorsch und do bin i dahoam.

Also ich bin nicht da daheim, sondern ich komm aus der Gemeinde Untergamskobenzeißgrubengernhaferlverdimmering.

Da bin ich der Vorsitzende von allen dreißig Vereinen … Feuerwehrverein, Faschingsverein, Fußballverein, Veteranenverein … des war jetzt amal nur des »F«.

Und i woaß ja ned, wia's bei eich is, aber bei uns machen des Ehrenamt immer dieselben. Und nie die vom Neubaugebiet. Immer hinterm neuen Kreisverkehr is aus.

Da ziagt ma von der großen Stadt weg und zu uns, weil bei uns die Grundstücke billiger san. Und dann baut ma sich auf engstem Raum greisliche Häuser hi.

Oans blau, oans gelb, oans rot … wia a Puff.

Sogar Häuser ohne Dach.

Und dann baut ma a Niedrigenergiehaus und a Passivhaus mit Haxnschneitzheizung, Schnackselhackheizung, a mit Schnitzelheizung. Alles voll ökologisch. Damit ma ned so viel Öl braucht. Und dann pendelt ma mid dem SUV-BMW 50 000 Kilometer im Jahr zur Arbeit hin und her ... des is eine Ökobilanz ...

Jetzt hamma sogar Reihenhäuser bei uns: 16 Stück ... alle nebeneinander. Und wenn's beim Aldi a Sonderangebot gibt ... hams am nächsten Tag dahinter 16 Trampolin. Mir ham früher ein Trampolin im Ort ghabt, und des hat dem Pfarrer ghört. Und da is ma nie hin ...

Weil ma da hinterher immer ... die Kirch hat sauber machen müssen.

Und die Gärten sind so klein, wir ham die Rasenmäher schon auf HO-Spurweite verkleinert.

Mir ham scho viele Kinder bei uns am Ort, aber die haun alle ab. Wir ham ein Riesen-Nachwuchsproblem bei uns am Ort ...

Weil heitzutag is es doch so: Mit 25 ham s' alle bei uns ein Abitur. Und dann gehn s' in die großen Städte zum Studiern, nach Passau und nach Regnschburg.

Und dann kriagns dort einen Superjob und dann macha s' eine Karriere. Und irgendwann dann mit 42 kumma s' mit am Burnout wieda hoam. Dann brauchma s' a nimmer im Veteranenverein. So oana bringt ja nix mehr zsamm.

Und deshalb ham wir jetzt eine Super-Jugendarbeit ...

Wir ham jetzt mit alle dreißig Vereine ein Ganzjahresbierzelt aufgstellt. Und da gibt's jetzt jedes Wochenende Freitag nach der Schule bis Montag vor der Schule eine Party. Und da machma mir Happy Hour: Jeder, der wo letzte Woche an Sechser gschrieben hat, der kriegt des ganze Wochenende Freibier. Oder eine Strohrum-Schorle.

I sog eich: Unsere Jugendlichen, die san so vui bsuffa. Da hot jetzt seit drei Johr koana mehr eine Realschule gschafft.

Die bleibn alle do!!!

Des is eine Jugendarbeit!!!

Habe die Ehre.

Laptop und Lederhose, der und die

Ein genialer Spruch, der Edmund Stoiber zugerechnet wird, von dem er durchaus stammen könnte. Oder von einem seiner Redenschreiber. Oder einem seiner Doubles. Also von mir. Aber in diesem Fall ist eindeutig das Original origineller als das Double.

EDMUND STOIBER: Ich bin froh, dass ich jetzt in Pension gegangen bin.

Meine Damen und Herren, es gibt jedoch auch Schattenseiten im Leben von Edmund Stoiber. Ich spreche hier von den Segnungen der modernen Telefonkommunikation.

Schaun Sie, das Erste, was ich mir gekauft habe, als ich die Staatskanzlei verlassen habe, war ein neues Handy. Mein altes musste ich ja dem Beckstein abgeben. Jetzt habe ich eine neue Nummer, ein neues Handy und dann bin ich nach Wolfratshausen heimgefahren und habe mich hingesetzt und gewartet. Lange gewartet. Auf einen Anruf.

Um resigniert festzustellen: Kein Schwein ruft mich an.

Und wenn es mal klingelt, dann dauert es ewig, bis ich merke, dass es meins ist, weil es ja so selten klingelt, dass ich mir den Klingelton nicht merken kann.

Meine Kinder haben sich Sorgen um mich gemacht und sich gedacht: »Vielleicht ist er von der Geschwindigkeit des technischen Fortschritts einfach überfordert.«

Der Verband notorischer Oberverweigerer kleiner innovativer Ausnahmetechniken, genannt Nokia, wollte mir eine Brieftaube schenken oder ein indianisches Rauchzeichenset, um mich langsam an die modernen Kommunikationsmittel heranzuführen. Schließlich hat ja früher mein Generalsekretär für mich das Telefon bedient.

Aber man tut mir unrecht, wenn man mich zum Technikverweigerer abstempelt. Schließlich bin ich mittlerweile ein richtiger Computerfreak geworden. Denn zum Abschied haben mir die Gebirgsschützen eine neue Lederhosen und ein Laptop geschenkt. Und mittlerweile wären die Entwicklungsabteilungen der Softwareindustrie ohne mich arbeitslos.

Mein Lieblingsthema sind Virenprogramme, Bild- und Filmbearbeitung. Meine Frau hat nämlich alle meine Fernsehauftritte auf Video aufgenommen. Ich habe mir ausgerechnet, wenn ich mir das jemals ansehen werde, dann muss ich zwei Monate vor dem Fernseher verbringen, so intensiv war ich im TV.

Aber, äh, mein Computer …

Vor allem mein Computer-Bild-Abonnement hat es mir angetan. Ich freue mich über jedes Gratisprogramm, das darin enthalten ist. Auf Ihrem Rechner finden sich dann so großartige Programme wie:

Das Horrorspiel »Der Wiso-Steuerfahnder für Kleingewerbetreibende und Hendlbratereien«.

Das nützliche Gartenarchitekturprogramm für die einfache Gestaltung von Gartenanlagen der französischen Renaissance über 40 Hektar.

Das virtuelle Oktoberfest in der japanischen Originalausgabe.

Und sogar ein spannender Schneekanonensimulator für den bayerischen Alpenraum.

Was mich angeht, so ist der Übergang von der Politik ins, äh, Dings … ins Privatleben reibungslos verlaufen, ich habe mich in den vergangenen Monaten intensiv mit meiner persönlichen Agenda »Wolfratshausen 3000« befasst.

Dank der neuen Mikrowelle und der Brotbackmaschine ist unsere Küche bereits jetzt ein vorbildlicher Hochtechnologie-Standort geworden.

Weitere Zukunftsinvestitionen sind bereits geplant, momentan läuft das Genehmigungsverfahren für Karins neue Trockenhaube.

Ich habe höchstpersönlich in, äh, zähen, ja nächtelangen Verhandlungen … mit mir selbst, die, äh, Grenzwerte für den, äh, Lärm-Emissionsschutz in unserem Haus extrem abgesenkt.

Mit diesen neuen Regeln zum äh … Lärmschutz sind wir die Speerspitzen nicht nur in der Nachbarschaft, sondern auch in ganz Bayern und weltweit, meine Damen und Herren!

Das bedeutet in der, äh, Praxis, dass, äh, zehn Minuten Muschi … also, äh, Karin jederzeit ihre Trockenhaube benutzen kann … zehn Minuten … sogar auf der höchsten Stufe … und zwar ausschließlich in der Garage!

In Bayern steht Fortschritt an zweiter Stelle, gleich hinter dem Bewahren der Vergangenheit. Die Lederhose stirbt nicht aus, aber es liegt immer öfter der Laptop drauf. Auch in die Landtagskantine ziehen die technischen Innovationen ein, auch wenn so mancher seine Schwierigkeiten damit hat.

BECKSTEIN (schimpft vor sich hin)**:** So ein Mist, so ein bleeder … also dann zum sechsten Mol … siemundzwanzich-null-null- oder ist des gor ka Null, sondern a »O« … so ein Mist, so ein bleeder …

SEEHOFER: Günther, was ist los? Was schreibst du da und schimpfst darüber?

BECKSTEIN: Naa-Naa. Des Haushaltsgeld für die Marga will i überweisen, oba seit Neuestem hammer ja die U-Bahn, und jetz geht's nimmer!

SEEHOFER: Was hat denn die mittelfränkische U-Bahn mit dem Haushaltsgeld zu tun?

BECKSTEIN: Des wassd du nedd, weil du nix vom Haushalt verschdeesd! Früher waren des nur a boor Zoohln, und jetzt sinds ganz viel! Und Buchstaam aa nuch dazu! Alles wechn der bleedn U-Bahn!

STOIBER: Ich glaube, ich kann euch da … ein wenig … in die Kerbe treten. Der liebe Schleifstein meint natürlich nicht »U-Bahn«, sondern »I-Ban«! Ich will ja nicht bescheiden sein, aber das war MEINE Erfindung! Damit in Europa der Verkehr schneller geht! Über die trennenden Schlafzimmerwände hinweg! Wenn Sie … am Münchner Hauptbahnhof … eine Summe Geld anweisen … sagen wir 100 Euro … oder 200, das ist ganz egal … es können auch 300 oder 500 sein, je nachdem, wie viel Sie halt haben, woher soll ICH denn das wissen … dann ist diese Summe … in zehn Minuten! … schon irgendwo anders im wiedervereinigten Europa. Da muss man dann halt ein paar Zahlen mehr auf den Zettel schreiben. Aber wenn Sie ins Ausland telefonieren wollen, dann müssen Sie auch ein paar Zahlen mehr in Ihre Wählscheibe drücken, verstehen Sie!?

SEEHOFER: Das ist rrrichtig, Edmund! Was sagt denn unser bayerischer Finanzminister dazu? Sind viele Zahlen auf dem Überweisungsformular ein Zeichen von guten Finanzen?

SÖDER: Lange Zahlen – das ist immer ein Zeichen guter Finanzpolitik. Sieben-, acht- oder neunstellig – das ist crispy, das ist funky, das sind

Cashflow, Renditeerwartung, Gewinnwarnung und Genussrecht in einem. Erstens. Und zweitens muss mer immer dran denken: Die Währungsunion bekommt man nicht zum Nulltarif. Ich sag es noch einmal: Eine Union mit der Union ohne die Union ist mit der Union nicht zu machen!

SEEHOFER: Schöner hätt ich es nicht sagen können!

STOIBER: Aber ich! Äh … auch nicht …

SÖDER: Soochi doch …

BECKSTEIN: Diese Franggn machen mich wahnsinnich …

Linke, die

Von dieser Partei nimmt man in Bayern lediglich über die Fernsehnachrichten Notiz. Klaus Ernst, eines der Gründungsmitglieder, ist zwar geborener Münchner und Mitglied des Bundestags. Aber der ist weit weg, in Berlin, viele Kilometer nördlich von Ingolstadt und sogar von Hof. Kein Grund zur Besorgnis. Eher zum Schimpfen. Dr. Stoiber, übernehmen Sie!

EDMUND STOIBER: Aber wir müssen selbstverständlich auch über die sogenannte Linke reden. Ja, man muss es leider sagen: So weit sind wir in Bayern schon gekommen, dass sich hier tatsächlich die Linken um den Einzug ins Parlament bewerben dürfen.

Und tatsächlich haben mir meine Mitarbeiter berichtet: Es gibt auch in Bayern Menschen, die die Linkspartei wählen wollen. Ich habe natürlich sofortige Sofortmaßnahmen ergriffen – und diese Mitarbeiter entlassen. Dennoch hat sich das Problem dadurch noch nicht erledigt. Und ehrlich gesagt: das verstehe ich nicht.

Schauen Sie, der Spitzenkandidat dieser Partei. Oskar Christiansen … äh, Lafontaine. Dieser toskanische Napoleonverschnitt aus dem deutsch-französischen Niemandsland!

Ja, da frage ich Sie und damit letzten Endes auch mich: Wer ist das denn? Und da antworte ich mir: Das ist doch ein notorischer Zauderer!

Einer, der sich in die Brüche trägt, Büsche schlägt, wenn's drauf ankommt.

Erst lässt er sich zum Superminister küren in der Bundesregierung, und kurz danach ergreift er plötzlich die Flucht.

Das ist doch Feigheit ohne Feind, meine sehr verehrten Damen und Herren! Und alles bloß, weil er sich gegen den Schröder nicht durchsetzen konnte.

Wenn hier einer weiß, wie man sich aus dem Kabinettstaub macht, dann bin das ja wohl immer noch ich! Ich bin damals nicht nach Berlin gegangen, weil ich mich nicht gegen die Merkel durchsetzen gekonnt hätte, sondern weil die Merkel sich gegen mich nicht hätte durchsetzen können, wenn ich nicht in die Bundesregierung eingetreten wäre. Und das ist eben der Unterschied zwischen mir und einem Oskar Lafontaine, dass der zu solchen Schachtelsätzen überhaupt nicht in der Lage wäre!

Übrigens ist so ein Linksrutsch Bayerns schlecht vorstellbar, denn dann würden Sie ja alle von Ihrer Bierbank fallen!

Männer, die

Der klassische bayerische Mann trägt Schnurrbart, Lederhose, darin einen stattlichen Bierbauch und darunter Wadlstrümpf. Leider sieht man solche Exemplare immer seltener, zumindest außerhalb der Starkbier- und Oktoberfestzeit. Es gibt niemanden, der diesen Umstand mehr beklagt als Waldemarie Wammerl.

WALDEMARIE WAMMERL: Ja, grüß Gott recht schön, meine sehr verehrten Damen und Herren! Ich bin's, Ihre Waldemarie Wammerl! Ja, ich weiß schon, es denken sich viele: Jetzt kommt wieder diese Frau, die aussieht wie ein Mann, der eine Frau spielt! Das nehm ich Ihnen gar nicht übel, das denken viele auch über Maria Furtwängler und Angela Merkel, da bin ich in allerbester Gesellschaft! Aber Sie können mir glauben: Ich bin durch und durch Frau – so wie meine guten Freundinnen aus Fürth, die Witwen Waltraud und Mariechen.

Wenn Sie mich kennen, dann kennen Sie mich schon. Und wenn Sie mich NICHT kennen, dann werden Sie mich kennenlernen. Ich bin der Ausschuss. Genauer: Ich bin der Ausschussratsvorsitzenden ihre Vertreterin. Und zwar vom Ausschuss zum Re-Import des bayerischen Mannes. Denn der ist ja praktisch ausgestorben, und das, was da herumläuft in den bayerischen Städten und Gemeinden, das ist ja in den seltensten Fällen ein bayerischer Mann.

Sie wissen schon, wovon ich rede: von einer Mischung aus Konstantin Wecker und Wildschütz Jennerwein! Kennen Sie da einen? – Sehen Sie!

Unser Ausschuss beschäftigt sich damit, wie wir diese wenigen Exemplare hegen und pflegen und die versprengten im unbayerischen Ausland wieder zurückholen. Wir sagen dazu auch (zwinker-zwinker) »Wiedereingliederung« … Da bekommen einige Damen schon ganz glänzende Augen, das kann ich gut verstehen, vor allem dann, wenn ich mir anschau, was da neben ihnen sitzt. Arm. Sehr arm. Ich komm ja viel rum in Bayern, aber SO arm war's noch nie …

Also wenn ich da an MEINE Männer denke! Also ich meine jetzt beruflich. Privat waren es ja nicht so viele … Also zumindest nicht so viele wie bei meiner Freundin Trudi. Wenn man die fragt, wer ihr bester Liebhaber war, dann sagt sie »die Münchner Philharmoniker«.

Lustig gemacht hat sie sich über mich! Weil ich halt mehr Langspielplatte war als Single. Aber irgendwann war's mir dann zu blöd und ich wollt ein bisserl angeben und dann hab ich gesagt: »Trudi – ich bin jetzt nur noch zwei Männer entfernt von einem flotten Dreier!«

Nein, nein, so eine Wilde wie die Trudi war ich nicht. Dafür hat schon meine Mutter gesorgt: »Wenn du Abwechslung willst, dann heirate einen Boxer, er sieht nach jedem Kampf anders aus.« – Das war eine kluge Frau, mein Fräulein Mutter! Von der hab ich viel für's Leben gelernt! Zum Beispiel … »Schlag nie einen Mann mit einer Brille! Schlag ihn lieber mit einem Nudelholz!«

Dafür hab ich ja mit sehr vielen Männern als Professionelle zu tun gehabt. Denn ich war ja früher einmal Sekretärin im Bayerischen Landtag. Und da hatte ich sie alle! Ich hab unter mehr Männern gearbeitet als Elizabeth Taylor und Cleopatra zusammen. Mein erster war ja der Franz Josef Strauß. Menschlich zweifelhaft, moralisch fragwürdig, politisch halbkriminell, also genau mein Fall.

Mei, und dann mein Erwin! Der Erwin Huber! Kennen Sie den

noch? Den Huber-Erwin? Der Zwillingsbruder vom Beckstein? Stimmt, ähnlich gesehen haben sie sich nicht. Das müssen zweieiige Zwillinge gewesen sein. Es gibt ja auch eineiige. Eigentlich ein schweres Schicksal. Aber man kann ja auch mit EINER Niere leben …

Oder der Markus Söder! Der schöne Söder! Er hat ja alle Eigenschaften eines Pfaus. Nur nicht seine Schönheit …

Ja, ich muss sagen, mit meinen Ehemännern hab ich da weniger Glück gehabt als mit meinen Ministerpräsidenten. Denn ich hatte ja

in meinem ganzen Leben NUR Ehemänner. Manchmal haben's ihre Frauen gewusst, manchmal nicht.

Und dann hab ich nur noch geheiratet. Der Beste war … lassen Sie mich gschwind überlegen … der Erste war der Herzinfarkt, der Zweite war der mit dem Mähdrescher, der Dritte … genau! Ein echter Bayer, ein ganzer Kerl! So einem, wenn ich heute noch einmal begegnen würde – also ich glaub, da würde ich vergessen, dass ich so eine Art Dame bin. Ein Mathematiker. Auch so ein Lustiger! Den hab ich gefragt: »Soll ich die Pizza in vier oder sechs Teile schneiden?«, und er hat geantwortet: »In vier. Ich bin nicht hungrig genug für sechs!«

Mathematiker. Naja. Ein bisserl weltfremd halt. Besonders beim Einkaufen. Einmal sollt er ein Kilo Mehl kaufen. Die Verkäuferin fragt: »Soll ich es Ihnen einpacken?«, und er sagt: »Nein danke, ich hab ein Netz dabei.«

Es ist immer schwieriger geworden mit ihm. Einmal hat er gesagt: »Ich wette, du kannst keinen Satz sagen, der mich gleichzeitig fröhlich und traurig macht!« – Und ich hab gesagt: »Schatz, du bist der beste Liebhaber in der ganzen Nachbarschaft!«

Eines Tages war er dann einfach weg. Oder, wie er es gesagt hat, er hat sich selber bis zur Nullsumme subtrahiert.

Und danach? Nix mehr! Ich hab ja viele Politiker kennengelernt, aber ich hätt halt doch lieber einen Mann! Aber ab einem gewissen Alter, gell … Die meisten Männer haben dann schon zwei große Enttäuschungen erlebt: Das erste Mal, wenn es beim zweiten Mal nicht mehr klappt. Und das zweite Mal, wenn es beim ersten Mal nicht mehr klappt.

Manchmal denk ich mir: Warum soll ich eigentlich auf den Richtigen warten? Mit den Falschen war's ja auch ganz nett …

Maut, die

Die Maut kennen die Bayern seit vielen Jahren vom Italienurlaub, später dann aus Österreich und aus der Schweiz. Das brachte Horst Seehofer auf die Idee, sie auch in Bayern einzuführen. Dobrindt, du übernimmst das und apportierst mir zeitnah das Ergebnis! So der Auftrag. Aber die Maut droht nach dem Betreuungsgeld und nach dem Transrapid zum dritten Waterloo der CSU zu werden. Seehofer zumindest bleibt zuversichtlich.

HORST SEEHOFER: Viele fragen mich: Kann die CSU im Bund noch was durchsetzen? Das Betreuungsgeld ist ja vom Verfassungsgericht gekippt worden. Und die Autobahnmaut ist ausgesetzt. Bis das EU-Verfahren entschieden ist.

Und da sagen natürlich jetzt die ganzen Jammerlinge: Die CSU hat keine Erfolge mehr vorzuweisen. Aber wissens was: Bisher läuft alles nach Plan. Ich hab immer gesagt: Ein Alexander Dobrindt scheitert nicht. Und dabei bleibt's.

Weil wann hat der Dobrindt die Maut erfunden? Vor der Wahl 2013. Und wer hat die Wahl gewonnen? Wir. Also im Wesentlichen natürlich ich.

Aber mit der Maut kannst du nicht nur eine Wahl gewinnen, sondern zwei. Die erste gewinnst du mit der Idee. Eine Maut, die nur die Ausländer zahlen müssen. Und die zweite gewinnst du, weil Brüssel die Maut kippt.

Weil, was hassen die CSU-Wähler noch mehr als einen betrunkenen Italiener auf der linken Spur der A8? Die Europäische Union.

Meine Idee von der Maut war eigentlich eine Vision: Ich habe geahnt, dass in diesem Sommer viele nach Bayern wollen. Und wer im Zug kommt, muss in Zukunft auch Maut bezahlen.

Ich weiß es noch genau: Als ich am Morgen nach der Unterzeichnung des Koalitionsvertrags aufgewacht bin, hamma alle ein bissal Mundgeruch gehabt!

Weil wir am Abend vorher so viel Scheiße geredet ham.

Eine Maut nur für Ausländer, aber ohne Diskriminierung!

Zuerst hab ich gedacht: So blöd ist keiner, dass er sich mit dieser Vorgabe von mir zum Verkehrsminister machen lässt … weit gefehlt!

Ich hab zum Alexander Dobrindt gesagt: Du produzierst mir zu viele Negativschlagzeilen mit deiner verkorksten Maut. Lass dir mal was Innovatives einfallen, was Neues, was gute Presse bringt.

Daraufhin wollte er eine Gastrolle bei »Dahoam is dahoam« spielen, wie der Söder. Ich hab gesagt: Alex, du taugst höchstens für »Der siebte Sinn« als Dummy.

Aber dann kam er mit einer Idee, die mir wirklich gefallen hat: Autos mit Autopilot. Also ohne Fahrer. Daran forschen die großen Autobauer mit Hochdruck.

Natürlich ist so was total gefährlich, da muss der Computer immer einwandfrei funktionieren. Was bekanntlich nie der Fall ist. Da wirst du schnell zum Geisterfahrer.

Ich hab gesagt: Alexander, da brauchen wir eine Teststrecke.

Pass auf, da nimmst du die A9 zwischen Nürnberg und München. Weil wer pendelt da mehrmals die Woche zwischen dem Finanzministerium in München und dem Heimatministerium in Nürnberg? Genau … der Söder, hehehe.

Wenn ich mir meine Hintersassen so anschaue, dann wird mir angst und bange. Alexander Doofrind. Statt eine vernünftige Maut zu erfinden, will der eine Teststrecke für fahrerlose Autos. Wozu soll das bitte gut sein, wenn dein Auto ohne dich fährt?

Und was da alles passieren kann: Mit Vollgas in die falsche Richtung! Unmotivierte Bremsmanöver! Plötzliche Spurwechsel! Abrupte Kehrtwenden!

Das ist die Seehoferisierung des Individualverkehrs, liebe Geisterfahrer!

Die Maut strauchelt. Glücklicherweise hat der Finanzminister die rettende Idee.

SEEHOFER: Alle Ampeln stehen auf grün, liebe Freunde – die Maut kann kommen!

STOIBER: Das ist aber schlecht, es ist ja gar kein Platz mehr frei für die Dame!

SEEHOFER: Die Maut ist keine Dame, die Maut ist eine Verpflichtung!

STOIBER: Ich war ja quasi mit anderen Worten schon immer dafür, die Maut einzumauten. Einzuführen. Auf den deutschen Autobahnen und daneben. Es hat ja schon unter MEINER Zeit als Ministerpräsident des ehemaligen Bayern Pläne dafür gegeben, noch lange vor dem Transpirat! Maut-Ausbildung in den Fahrschulen. Maut-Unterricht in den Schulen. Und eine Fernsehsendung für die ganz kleinen Autofahrer, die »Sendung mit der Maut«.

SÖDER: Sendung mit der Maut, so a Gschmarri, des muss ma alles vill brofessioneller machn, Leude! Erstens. Und zweidens nadürlich auch!

SEEHOFER: Servus Markus! Wir sind gespannt auf deine Pläne!

SÖDER: Konni euch saachn: Die Maut muss an die Börse. Des is crispy, des is funky! Und wenn sie dann im Wert steicht, will sie jeder ham. Und mir ham glei dobbeld so vill Einnahmen! Subber Sache, oder?

STOIBER: Das ist ja glänzend! Meine Schule! Die Aktienmaut als Maut-Aktie! Da fliegt mir, äh, also wirklich … wie mir mein Volksmund sagt … das Blech aus der Krone! Aber ich muss da auch gleich ein wenig Essig in die Leber schütten: Was ist denn, wenn die Aktie NICHT im Wert steigt?

SÖDER: Konn net bassiern. Dafür sorch i scho. Do werd a weng geschraubt und gedreht, und dann haaasts: Bassd, sitzd, waggeld und hot Luft!

SEEHOFER: Aber Markus: Du wirst doch nicht die Zahlen manipulieren! Das kann ich nicht zulassen – zumindest dann nicht, wenn ich davon weiß!

SÖDER: Keine Sorche, für so was hamm mir Bersonal … Das macht für uns ein Verein, der sich mit so wos auskennt: der ADAC …

STOIBER: Ja natürlich! Aber da ist doch gerade alles ans Licht gekommen!

SÖDER: Stimmt. Aber so was repariert der ADAC gleich selber. Für wos hot der denn an Bannendienst …

Merkel, Angela

Welches Verhältnis haben die Bayern zu ihrer Kanzlerin? Ein distanziertes. Schließlich ist die Dame in Hamburg geboren, in Mecklenburg-Vorpommern aufgewachsen, mit Arbeitsplatz in Berlin. Alles drei für Bayern sehr weit entfernte Orte, die man nie besucht. Weil man die Leute dort nicht versteht und sie auch alle so furchtbar hart und schnell reden.

War sie eigentlich schon einmal auf dem Nockherberg? Auf der Bühne regelmäßig, aber unten, am Tisch, beim Horst und bei den anderen?

Die Kanzlerin selber hat gemerkt, dass sie etwas tun muss. Erst recht, als sie die Ergebnisse einer bayerischen Umfrage bekam: Ein Drittel aller Bayern weiß nicht, wer das Land regiert, und kann mit dem Namen Merkel wenig anfangen. Ein Vorstellungsgespräch war nötig.

ANGELA MERKEL: Ein sauberes Pfüat-dich, meine lieben bayerischen Landsleute! Ich finde det dufte, dass wir heute so griebig beieinander sind!

Ich bedanke mich sehr herzlich, dass Sie mir die Gelegenheit für dieses Vorstellungsgespräch geben. Die meisten von Ihnen werden mich nicht kennen. Ihr Ministerpräsident hat so breite Schultern, da sieht man meistens nicht, was dahinter ist. Ich kann es Ihnen heute Abend verraten: ich. Und Berlin. Beides ist für Sie fremd. Aber mein Mitarbeiter für wirtschaftliche Zusammenarbeit hat mir geraten, den Kontakt zum befreundeten Ausland zu suchen. Über »Kanzlerscout 24«. Und Sie sind auf mich aufmerksam geworden, wie schön.

Ich heiße Angela Merkel. Angela ist bayerisch und heißt »Engel«. Mein Erkennungsmerkmal ist mein Hosenanzug, aber seien Sie vorsichtig, ich könnte auch Carmen Nebel sein. Sicher sind Sie, wenn Sie DIE Handbewegung sehen! Dann bin ich es wirklich, oder einer meiner zahlreichen Imitatoren.

Von Bayern völlig unbemerkt regiere ich seit vielen, vielen Jahren die anderen 15 Bundesländer. Darunter so exotische Gebiete wie Schleswig-Holstein, Sachsen-Anhalt und … und … dieses eine da, das Kleine … ist ja zu drollig, das vergesse ich selber immer wieder … Bremen! Genau! Ein Bundesland, das aus zwei Städten besteht. Genau wie Berlin.

Meine Geburtsstadt, das werden Sie nicht glauben und vielleicht noch nicht einmal kennen, ist Hamburg. Ah, ich sehe in einigen Augen doch eine gewisse Erinnerung … Richtig, das Ohnsorg-Theater! Das ganz frühe Kabel-Fernsehen! – In allen anderen Gegenden ist das immer ein Lacher, aber ich habe vergessen, wo ich bin. Sie verstehen: Heidi Kabel! Deswegen Kabel-Fernsehen! Ein kleiner Scherz!

Entgegen Ihrer Vermutung gibt es diese Gegend mittlerweile in Farbe, ich weiß das aus sicherer Quelle, ich habe da Verwandtschaft. Mein Vater war Theologe, aber leider in der falschen Kirche. Also in der ANDEREN katholischen. Die haben dort denselben Papst wie Sie, erkennen ihn aber nicht an. Das ist auch schon fast der einzige Unterschied.

Als ich drei Jahre alt war, trat mein Vater eine Stelle als Pfarrer in Brandenburg an. Kurze Zeit später begann eine Zeit der Erbauung. Nämlich der Berliner Mauer. Geduldig wartete ich die Eröffnung ab und vertrieb mir die Zeit mit kleinen unterhaltsamen Kurzgeschichten. An eine erinnere ich mich besonders gern, sie hieß »Untersuchung des Mechanismus von Zerfallsreaktionen mit einfachem Bindungsbruch und Berechnung ihrer Geschwindigkeitskonstanten auf der Grundlage quantenchemischer und statistischer Methoden«. Denn ich beschäftigte mich damals mit Physik. Weil diese Wissenschaft ganz nah bei den Menschen ist.

Jeder Physiker hätte Ihnen damals sagen können, dass die Mauer nicht ewig hält. Die Politiker in Ost UND in West gingen fest davon

aus, aber mir war klar: Das Ding hält nicht! Das war ganz eindeutig das Ergebnis meiner Untersuchung des Mechanismus von Zerfallsreaktionen mit einfachem Bindungsbruch und Berechnung ihrer Geschwindigkeitskonstanten auf der Grundlage quantenchemischer und statistischer Methoden.

Kaum war die Mauer weg, begann ich meinen politischen Werdegang. Zunächst wollte ich gar nicht in die CDU eintreten, weil ich gedacht habe, das »C« steht für katholisch. Ich wollte schon bei der PDS unterschreiben, weil ich gedacht habe, das »P« steht für protestantisch.

Ich erkannte jedoch meine Irrtümer und habe mich dann doch für die richtige Partei entschieden. Die übrigens fast ganz genauso heißt wie Ihre! Nur mit einem »D« in der Mitte. Sie haben hier ein »S«. Wir sind demokratisch, Sie sozial. Jeder von uns stellt DAS in den Mittelpunkt, was er noch am meisten üben muss. Und jetzt bewerbe ich mich bei Ihnen um eine Stelle, die 2016 frei wird. Ich würde gerne wieder Ihre Bundeskanzlerin werden. Das ist ein Amt … wie soll ich Ihnen das erklären … also eine Art Seehofer, nur für alle.

Im Moment kann ich nicht so, wie ich will. Denn ich habe ein Verhältnis. In einer Koalition. Und Sie wissen ja, was »koalieren« bedeutet? Besonders, wenn Sie ein Verhältnis haben? Ich habe im Moment ein Verhältnis mit einem Mann. Ich muss zugeben, dass er nicht meinen Idealvorstellungen entspricht. Weder körperlich noch geistig. Ein Niedersachse. Ich meine, ein SACSEEHOFERE wäre schon nicht standesgemäß, aber ein NIEDERsachse??

Noch dazu teilen wir einen Haushalt. Und wenn Sie sich bitte meinen Lebensabschnittspartner einmal bildlich vorstellen, dann wissen Sie, dass man da immer ein Schloss am Kühlschrank braucht.

Aber was soll ich machen, es handelt sich um eine arrangierte Beziehung. Die aber hoffentlich in ein paar Monaten ein Ende haben wird. Und dann will ich wieder alleine durchregieren, ohne Sigmars und Frank-Walters und die ganzen anderen, die immer nur für Unruhe sorgen in unserer Berliner WG.

Früher habe ich mir da ein paar putzige Haustiere gehalten. Erinnern Sie sich noch? An den wieselflinken Rösler? An Dirk Niebel, den Teppichhamster? Oder an das Hausschwein Brüderle?

Vergangen, vergessen, vorüber. Abgelegt im großen Rundordner mit Spülbecken. Jetzt steht schon wieder ein potenzieller Mitbewohner vor der Tür. Die AfD. Im Moment sind die ähnlich seriös wie früher der ADAC, aber sie haben leider auch ähnlich viele Sympathisanten. Und darüber muss man nachdenken. Im Moment sage ich noch »nein«, aber Sie kennen ja die Frauen. Wir sagen immer erst einmal »nein«, weil uns das unsere Mütter so beigebracht haben. Aber nach einem Blumenstrauß und einer Flasche Champagner ist aus so manchem »Nein« schon ein Verhältnis geworden …

So wie das, was ich gerade mit dem Niedersachsen habe. Und dabei haben wir die Champagnerphase glatt übersprungen. Vermutlich, weil er ihn selber gebraucht hat …

Wenn Sie also eine Bundeskanzlerin wollen, die eine saubere Weste hat unter ihrem Hosenanzug, wenn Sie keine geschlamperten Verhältnisse wollen in der Regierung, und wenn Sie einer Frau eine Chance geben wollen, die Sie jetzt seit fünf Minuten kennen – dann wählen Sie mich! Noch nicht sofort, ich sage Ihnen schon, wenn es so weit ist.

Denn bedenken Sie: Was Sie schon haben, ist eine Bavaria. Was Sie noch brauchen, ist eine Mutti!

Pfüat-dich!

Neubaugebiet, das

Die Entwicklung ist nicht mehr aufzuhalten: Der Tourist, der mit dem Auto durch Bayern fährt, wird von einem schönen Ortsschild empfangen. Darauf steht dann »Pfiat euch!« oder »Willkommen«, schön verschnörkelt, mit einem gedrechselten Dach, die Schrift mit Feuer ins Holz gebrannt, schön urig halt. Aber wenige Meter dahinter beginnt nicht die Gemütlichkeit, sondern das Neubaugebiet. Vor allem in kleinen Gemeinden rund um Nürnberg, Würzburg oder München. Die Mieten werden unerschwinglich, die Menschen weichen aus in die Vorstädte, wo die Mieten noch bezahlbar sind und die Wege zum Arbeitsplatz immer länger werden. Diese dramatische Situation wird verdeutlicht am Beispiel von Untergamskornzeisgrubengernhaferlverdimmering, es spricht der Schorsch.

SCHORSCH SCHEBERL: Ich darf mich erst einmal vorstellen, ich bin der Schorsch Scheberl, ich bin aus Untergamskornzeisgrubengernhaferlverdimmering. Da bin ich Ehrenvorsitzender von sämtlichen zwölf Vereinen, denn irgendeiner muss es ja machen, gell? Ich hab da die besten Beziehungen, und … eine Hand wäscht die andere … gerade in unserem geliebten Bayernland. Und wenn einer von euch … da sich quasi Sorgen macht wegen seiner Daseinsberechtigung … ich mein … da ist es ohne Weiteres vorstellbar … dass ma sagt … die Chancen ließen sich schon verbessern, gell? Nicht, dass ich da etwas angedeutet haben will … aber ich hab mich klar ausgedrückt. Gell?

Denn das ist ja sozusagen die Regel Nummer 1. Von nix kommt nix! Wie du mir, so ich dir! Verstehst du mich?

Und wenn jemand meint, er könnt da Manderl machen … (regt sich auf) wie der Gustl und der Wolfi … dann muss ich sagen: An allen gegen mich vorgeworfenen Vorwürfen ist nix dran! Und wenn etwas dran ist, dann stimmt's nicht! Und wenn etwas stimmt, dann war nix! Und wenn etwas war, dann nicht von mir! Und wenn von mir etwas war, dann geb ich nix zu! So schaut's doch aus!

Sexülle Nötigung! Die habens nötig! Das werfen DIE MIR vor! Sexülle Nötigung! Diese Sozialisten haben von Politik keine Ahnung, verstehst du mich, haben nix als Weiber im Kopf, und Rotwein, und die Toskana – aber MIR werfen sie sexülle Nötigung vor! Diese Saubande, diese ausgschamte! (Beruhigt sich wieder.)

Jetzt nehmen Sie nur einmal unser schönes Neubaugebiet. Direkt vor den Toren von Untergamskornzeisgrubengernhaferlverdimmering. Wer war dagegen? Der Wolfi und der Gustl! Die Sozialisten! Die einzigen SPD-Wähler bei uns! Jaja, Wahlgeheimnis schön und gut, aber wir brauchen keinen NSU und keinen Lord Schnooden, bei uns weiß man das auch ohne Elektronik! Grünen haben wir definitiv gar keinen bei uns, und den einzige FDP-Wähler auch nicht mehr, seit das Hotel zugmacht hat. Bleiben der Wolfi und der Gustl, die Dreckhammeln, die damischen!

Nur dass ich Ihnen das kurz erzähl, und Sie wissen, wie das ist bei uns in Bayern! Wir haben da ja jetzt dieses Neubaugebiet, sehr günstige Grundstücke, sprechen Sie mich einfach an. Eigentlich wollt mer ja dem Ikea verkaufen oder dem »Zeus-ar-As«, das ist ein Ikea, nur mit Schaukelpferde. Aber weil da früher die Chemiefabrik vom Kroninger war, hammer gsagt, des is nix für Kinder, mach mer a Neubaugebiet.

Zehn Reihenhäuser stehen schon da, bildschön, eins wie's andere, Platz ist für weitere 244, sprechen Sie mich einfach an.

Gut, man kommt da jetzt nicht ganz so einfach hin. Wenn man nicht aufpasst, dann ist man schnell im Gewerbegebiet von Oberkorbelöd.

Aber schließlich kommen Sie ins Neubaugebiet, leicht erkennbar am Verkehrsschild Neu-Untergamskornzeisgrubengernhaferlverdimmering. In einem der zehn Reihenhäuser wohnt meine Großtante Walburga, und direkt daneben die Mutter vom Gustl. (Regt sich auf:) Das ist an sich schon eine Frechheit von dem Gustl! Dass der seine Mutter pfeilgrad neben MEINE Tante in das Haus hineinsteckt! Das hat der mit voller Absicht gemacht, damit er mir sexülle Nötigung vorwerfen kann, der Mafioso, der hinterkinftige!

Ich besuche also eines schönen Sommertages meine Tante Walburga im Neubaugebiet. Sie ist nicht mehr die Jüngste, und es könnt sein, dass sie ihr Testament machen will, und da braucht sie bestimmt Beratung, und ich lass meine Verwandten in solchen Fällen ja nie allein. Da helfe ich, wo ich kann. Aus Gründen der Kreativität, du verstehst, hab ich ihr eine Flasche von ihrem Lieblingsenzian mitgebracht. Sie soll ruhig wissen, wer's gut mit ihr meint, in ihrer Verwandtschaft, netwahr …

Na ja, der Abend wird lang, die Tante ist auch um Mitternacht noch wach und munter, denn sie trinkt ja keinen Alkohol. Aber die Flasche war leer, und ich hab gsagt, Tante Walburga, hab ich gsagt, altes Haus, weißt was, jetzt bleib ich über Nacht da und dann red mer morgen noch amal über deinen Neffen Ronald, und ob des eine richtige Entscheidung war mit den Wertpapieren, denn der kennt sich mit so was ja überhaupt nicht aus!

Ich opfere mich also und verbring die Nacht im Neubaugebiet. Bei der Tante Walburga im ersten Stock.

In der Nacht wach ich auf und werde eines menschlichen Bedürfnisses gewahr. Einen Schlafanzug hatt ich natürlich keinen dabei, nur

meine Unterwäsche, aber in der kann ich mich sehen lassen, in der bin ich sogar schon einmal im Auto geblitzt worden!

Ich suche oben im ersten Stock nach dem sanitären … Scheißhaus. Aber der Architekt war kein Meister seines Fachs, denn irgendwie hat der die Toilette im Obergeschoss vergessen, oder sie war zugemauert. Jedenfalls hab ich sie nicht gefunden. Ich geh also die sehr wackelige Treppe nach unten, aber auch da: Fehlanzeige. Diese Reihenhäuser sind so klein, dass da kein Platz für den Abort ist. Die Tür zum Garten war offen, und so ein Garten ist ja ein guter Platz, für Mensch und Tier, wie Gott sie geschaffen hat, um sich da des menschlichen Bedürfnisses zu entledigen.

Und jetzt passen Sie sich Ihnen auf, jetzt kommt der Punkt, wo der Pudel im Pfeffer liegt! Und wo mir der Gustl sexülle Nötigung hinunterschieben will!

Dunkel war's, der Mond schien helle, ich hab einen Moment die Haltung verloren und bin … da ein bisserl … hingefallen. Hat nicht wehgetan, der kleine Maschendrahtzaun hat den Fall gedämpft.

Ich mach mich also auf den Rückweg. Die Terrassentür steht immer noch offen, klar. Innen hat der Mond die Einrichtung in einem etwas anderen Licht erscheinen lassen …

Ich geh die wacklige Treppe nach oben. Suche mein Zimmer. Finde es. Und Sie werden es nicht glauben! Liegt da die Mutter vom Gustl in meinem Bett! Und schreit wie am Spieß!

Ich – Gentleman, der ich immer schon vermieden habe sein zu wollen – sage: Entschuldigen Sie vielmals, gnädige Frau, dass Sie sich in meinem Schlafzimmer geirrt haben!

Durch den Schreck ist mir ein bisserl schlecht geworden – und die ganze Flasche Enzian war wieder da. In Begleitung der Leberkässemmel und der Linsensuppn vom Mittag. Bitte, das gebe ich gerne zu, so etwas gehört nicht unbedingt in ein Bett hinein und auch nicht auf das Scheglinee einer Dame. Aber zum einen war das ja MEIN Bett, und da kann ich hineinlegen, was ich will. Und zum anderen war die Dame keine Dame, sonst hätt sie ja nicht so geschrien.

Ich also, ganz Gentleman der ganz alten Schule, will mich zurückziehen, aber da muss in der Zwischenzeit jemand einen Wollteppich in mein Zimmer gelegt haben, auf alle Fälle komm ich ins Stolpern und falle versehentlich auf die schreiende Dame. Mitten hinein in die ehemalige Leberkässemmel und die eigentlich noch sehr gut erkennbare Linsensuppn. Trotzdem kein schöner Vorgang, das dürfen Sie mir glauben. Anstatt aber, dass die Dame mich jetzt bedauert oder eventuell ihren hausfraulichen Pflichten nachkommt und mich reinigt, schreit sie weiter. Einbrecher! Lustmolch! Polizei!

In solchen Fällen entfernt sich der Gentleman diskret und tritt den Rückzug an. Also wieder hinunter und in den Garten. Aber der war mittlerweile … wie soll ich sagen … um ein Reihenhaus versetzt. Kein Wunder, dass sich die Mutter vom Gustl geirrt hat, das schaut da ja alles gleich aus!

Über eine Entschuldigung hätte ich mich gefreut, aber Sie kennen ja die Leut. Machen einen Fehler und beschuldigen andere.

Typisch Gustl. Am anderen Tag beschimpft er mich und schreit mich an und sagt, dass er mich verklagen will. Wegen sexüller Nötigung! Er mich! Der unmoralische Kommunist verklagt einen aufrechten Christenmenschen, der sich in höchster Not vor seine Mutter und die Leberkässemmel geworfen hat! Aber da soll er ruhig klagen, der Prozesshansel. Da geh ich bis Oberkorbelöd, wenn's sein muss!

Also dann. Grüß Gott miteinander …

Niederbayern, das oder die

Niederbayern hat ein Problem, obwohl alles so schön sein könnte. Die Landschaft ist traumhaft, die Bräuche urig, die Menschen reden so, dass man sie für Oberbayern halten könnte, auch wenn häufig das »A« zu »O« wird, wie im Beispielwort »Opfelsoft«.

Aber irgendwie kennt niemand Niederbayern. Oder können Sie auf Anhieb den Regierungssitz sagen? Landshut. Ich hab auch nachschauen müssen.

Vielleicht liegt's daran, dass es so weit am Rand liegt, im Osten, mit so vielen unbayerischen Nachbarn.

Im Norden grenzt Niederbayern an einen ähnlich unerforschten Regierungsbezirk, an die Oberpfalz, im Nordosten an Tschechien, im Südosten an Oberösterreich und im Südwesten an Oberbayern.

Der Begriff »Niederbayern« erscheint zum ersten Mal im Jahre 1255 bei der bayerischen Landesteilung, die Menschen hätten also fast 800 Jahre Zeit gehabt, sich an das Wort zu gewöhnen.

Um das Drama komplett zu machen, muss man erwähnen, dass Niederbayern früher einmal wesentlich größer war: Damals gehörten auch der Chiemgau und die Gegend von Bad Reichenhall dazu. Heute Schmuckstücke Oberbayerns, damals wie die Ukraine einfach annektiert.

Einmal im Jahr rückt Niederbayern in den Mittelpunkt der bayerischen Politik, wenn auf dem Gillamoos bei Abensberg die Politiker aller Parteien sich gegenseitig nachweisen, wie dumm sie sind. In einem weiteren Zelt bin ich. Meistens als Stoiber. Und der redet dann über Niederbayern und bringt den gebeutelten Menschen Trost.

EDMUND STOIBER: Meine Damen und Herren, Sie sind ja als Niederbayern ständig mit dem Erhalt der schönen Landschaften beschäftigt, also mit dem Spargel und dem Turmbau von Abensberg, sodass Sie für die Politik wenig Zeit haben und deshalb kann man auch sagen: Manche von Ihnen wissen vermutlich noch gar nicht, dass ich als Ministerpräsident zurückgeblieben, äh, zurückgetreten … worden bin.

Umso schöner, dass ich heute auch als Privatmann hier zu Ihnen nach München kommen darf, äh, nach Dings. Schon in meiner Amtszeit hatte ich immer viel für die Niederbayern übrig. Sogar sehr viel, nur, äh, kein Geld, das hatte ich für Sie noch nie übrig, meine Damen und Herren!

Ich war oft in Landshut und Dingolfing, ja vor allem auch in Abensberg. Und nicht nur einmal habe ich mir die Frage gestellt: Sollen wir nicht lieber aus, äh, ganz Niederbayern einen großen Nationalpark machen?

Aber dann habe ich die Menschen genau beobachtet und ich musste an die Beschreibung der Vögel im Matthäus-Evangelium denken. »Sieh Dir diese Niederbayern an«, habe ich zu mir gesagt, »sieh Dir diese Niederbayern an, sie, äh, säen nicht, sie ernten nicht, man … äh … versteht sie nicht, aber der himmlische Vater ernährt sie trotzdem. Halleluja!!!«

Und dann habe ich mir gedacht: Wenn DER sich dieser Sache annimmt, dann muss sich die Staatsregierung da quasi nicht auch noch einmischen, liebe Mitarbeiterinnen und Mitarbeiter! Das ist gelebte christliche Leitkultur!

Aber lassen Sie mich nochmals den Gedanken des Nationalparks aufgreifen. Ich weiß genau, wenn eine Stadt wie Abensberg sich so für einen Turmbau begeistert wie hier der Tausendwasserturm. Äh, Hundert, dann müsste sich hier auch jemand finden, der für einen Transrapidbau wäre. Von Abensberg in zehn Minuten an den Hauptfriedhof nach München.

Nockherberg, der

Der Nockherberg ist eigentlich gar kein Berg, sondern eine kleine Geländeterrasse an der Hangkante des östlichen Isarhochufers im Münchner Stadtteil Au. Seltsam, dass die Münchner diesen Hügel »Berg« nennen, wo sie doch genügend Berge vor der Haustür haben.

Auf diesem Berg also gibt es einmal im Jahr die Starkbierprobe und dazu das traditionelle Politiker-Derblecken. Etliche der Derbleckten sind auch anwesend, und man kann ihnen zuschauen, wie sie süßsauer lächeln oder anbiedernd lachen, wenn gerade Unerfreuliches über sie gesagt wird.

1891 schon ist es losgegangen, damals gab's bereits die »Fastenpredigt«. Das anschließende Singspiel ist etwas jünger. Zunächst wurde diese Veranstaltung, die eine nicht zu unterschätzende Werbung für die Paulaner-Brauerei darstellt, im Hörfunk übertragen und seit 1982 im Fernsehen. Am Anfang war das Singspiel bayerisch-schlicht wie ein früher Komödienstadel, ganz in der Tradition der Münchner Volkssänger: viel Wortwitz und Gesangskunst, wenig Ausstattung. Das Fernsehen aber wollte gewaltigere Bilder, und heute ähnelt die Veranstaltung eher »Switch Reloaded«.

In der Landtagskantine wurde darüber diskutiert.

BECKSTEIN: Serwasla, Edmund! Du bistas doch, Edmund, oder? Oder bistas amend net, sondern nur dei Duubl?

STOIBER: Bitte was? Was ist mit deinem Dübel? Günther, rede bitte nicht so onduliert daher, sondern klar und vertraulich, ich meine vergeblich, also verständlich so wie ich!

BECKSTEIN: Nächste Woche ist doch der Anstich. Drohm aufm Berch. Wo die andern so ausschaun wie mir. Und do wolldi halt nur amoll a weng fraachn, ob du noch du bist oder scho dei Duubl.

SEEHOFER: Mahlzeit, Männer! Wenn ich da kurz aus dem Fränkischen übersetzen darf, Edmund: Der Günther meint den Nockherberg! Das Derblecken!

STOIBER: Ja natürlich! Ich habe zwar nichts verstanden, aber davon wiederum alles richtig! Das Verbergen auf dem Nockerbleck! Sehr lustig! Das macht er schon sehr gut, der Hildebrandt! Vor allem den Strauß! Oder diese anderen beiden da, den Dings und den anderen!

BECKSTEIN: Die Duubls sinn fei guud! Do wassmer nie so genau … Grod bei dir, Edmund … Bist dus noch oder scho nimmer?

SEEHOFER: Das werden wir ganz schnell herausfinden! Wir machen den Stoiber-Test! Edmund, was ist der Vorteil vom Transrapid?

STOIBER: Er stellt die rascheste Verbindung dar vom Münchner Hauptbahnhof zum Flughafen, zumal auch das zeitraubende Einchecken entfällt.

BECKSTEIN (entsetzt)**:** Da! Mir sind Opfer einer bösartichen Däuschung geworden! Man hat unseren lieben Edmund durch einen Dobbelgänger ersetzt! Weiche von uns, Saddanas! Und dreibe dein Unwesen auf dem Noggerberch!

SEEHOFER: Beruhige dich, Günther, das kann auch nur ein Aussetzer gewesen sein. Edmund – wie lange dauert denn die Fahrt mit dem Transrapid?

STOIBER: Wenn Sie vom Hauptbahnhof in München mit zehn Minuten, ohne dass Sie am Flughafen noch einchecken müssen, dann starten Sie im Grunde genommen am Flughafen am … am Hauptbahnhof in München starten Sie Ihren Flug. Zehn Minuten!

Die Übertragung der Starkbierprobe im Bayerischen Rundfunk sorgt, von Papstbesuchen und anderen Events abgesehen, regelmäßig für die zweithöchste Einschaltquote des Jahres. Die höchste hat die Übertragung von »Fastnacht in Franken« aus Veitshöchheim, der fränkischen Antwort auf den Nockherberg.

Eine Talentschmiede. Hier machten Heißmann und Rassau erstmals auf sich aufmerksam, oder Michl Müller, oder die Altneihauser Feierwehrkapelln.

In München nimmt man das zur Kenntnis und versucht einen Brückenschlag.

STOIBER: Liebe Närrinnen und Narren,
Schluss mit Warten, Schluss mit Harren!
Wir lassen wieder raus die Sau –
Prinz Edmund grüßt euch mit Helau!

SÖDER: Allmächt, Edmund, erschreck uns halt net so mit deim komischen Hütla!
Und warum redest du denn neuerdings gereimt – normalerweis hast es doch lieber ungereimt … !?

SEEHOFER: Hähä! Gut gegeben, Markus. Meine Schule!!!

STOIBER: Im Freistaat herrscht die Faschingszeit,
der Rosenmontag ist nicht weit!
Deshalb macht auch der Stoiber mit,
und steigt persönlich in den Topf!

SÖDER: Edmund, des reimt sie net. »Mit« auf »Topf«, des klingt fei überhaupt net crispy und funky. Probiers noch amoll …

STOIBER: Deshalb macht auch der Stoiber mit,
und steigt persönlich in die Karaffe!

SEEHOFER: Des wird ja immer schlimmer. Edmund, das soll sich doch reimen! Deshalb macht auch der Stoiber mit, und steigt persönlich in die … ?

STOIBER: Die Dings! Die Pfanne! Oder nein, das andere da. Dieses große Gefäß, das die in Hessen immer im Fasching mit Leuten befüllen!

SÖDER: Die Bütt! So haaßt des! Und dann reimt sich's auch! Also noch amoll!

STOIBER: Im Freistaat herrscht die Faschingszeit, der Rosenmontag ist nicht weit. Deshalb nimmt auch der Stoiber teil, und steigt persönlich in die Bütt! – Das ist ja, im Grunde genommen, auch kein besonders guter Reim, da klingt ja sogar die Pfanne besser!

SEEHOFER: Jetzt lasst mich amal!
Im Freistaat herrscht die Faschingszeit,
der Rosenmontag ist nicht weit.
Am Mittwoch dann der große Kater,
dann herrscht erneut der Landesvater!

SÖDER: Bravo Horst! Große Glasse! Macht dir echt kaaner nach!

STOIBER: Dann ist's der Horst, der euch verlacht,
und Söder, der sich Hoffnung macht.
Doch ist und bleibt der größte Räuber –
Prinz Edmund, euer Chef-Zerstoiber!

Olympische Spiele

Nach den ebenso tragischen wie furiosen Olympischen Spielen 1972 in München wollte man es noch einmal wissen und bewarb sich für die Olympischen Winterspiele 2022. Dazu mussten die Bürger in München und in Garmisch-Partenkirchen abstimmen – und entschieden sich dagegen. Ein Kommentar des damaligen Münchner Oberbürgermeisters und Ministerpräsidentenkandidaten Christian Ude in Form von mir.

CHRISTIAN UDE: Liebe Genossinnen und solche, die es nicht werden wollen, viele werden jetzt sagen, wer als Oberbürgermeister in München erfolgreich ist, muss deshalb noch kein guter Ministerpräsident sein.

Und deshalb sage ich Ihnen, ich bin nicht nur in München tätig, sondern ein Global Player. Und das insbesondere seit der Olympiabewerbung. Für Olympia bin ich ein Jahr lang durch die Welt gejettet und habe jedes IOC-Mitglied persönlich angesprochen. Und viele haben mir gesagt: Ja, wir stimmen für München, Hauptsache, du gehst jetzt wieder!

Und erst meine historische Rede in Südafrika! Da habe ich noch einmal alles in die Waagschale geworfen, was unsere Heimat München, die Weltstadt mit Herz, in die Waagschale zu werfen hat. Tradition und – Tradition!

Und ich habe nicht nur auf Tradition gesetzt, sondern auch auf Folklore! Ozapft is! Aber da hatte München keine Chance. Weil der Hauptsponsor der nächsten Olympischen Spiele Samsung heißt und aus Südkorea kommt. Und der Samsung-Chef Mitglied im IOC ist.

Die Sponsoringmillionen von Samsung sind die Art von Geschenken, bei denen aus Geben Nehmen wird. Und deshalb sage ich: Wenn München sich noch einmal bewirbt, sollte das Münchner Traditionsunternehmen BMW den Fuhrpark für sämtliche Mitglieder des IOC stellen, inklusive Familienangehörige und Hausangestellte nebst Lebenspartnern.

Denn was sind die Mitglieder des IOC? Sie sind nichts anderes als Wähler, und womit bringt man Wähler dazu, das Richtige zu wählen? Mit Geschenken!

Opposition, die

Seit 1957 regiert die CSU in Bayern, und das meistens allein. Eine nervliche Herausforderung für die Opposition, die traditonell keine Rolle spielt und dementsprechend herablassend behandelt wird.

EDMUND STOIBER: Wir als CSU brauchen eine funktionierende Opposition in Bayern.

Aber wenn du einen Oppositionsführer wie den Markus Rinderspacher im Landtag hast, dann musst du dich als CSU gelegentlich selbst beschimpfen, weil der Rinderspacher dafür zu freundlich ist. Wir brauchen eine starke Opposition in Bayern! Weil es sich viel schöner regieren lässt, wenn's jemanden gibt, den man ignorieren kann.

Aber wenn die bayerische SPD sich selbst so klein macht, dass sie kaum mehr wahrnehmbar ist, dann macht das Ignorieren keinen Spaß mehr!

Und was sagt der Pronold zu seinem Debakel? Das Wahlergebnis ist Rückenwind für die weitere Arbeit.

Da kann man nur sagen: Lieber Florian Pronold! Rückenwind ist auch das, was man verspürt, wenn man auf den Mond geschossen wird!

Warum mögen die bayerischen Sozis ihren eigenen Vorsitzenden nicht? Weil er in einem Interview gesagt hat: Eine Koalition mit der CSU schließt er nicht aus. Das ist ungefähr so, wie wenn die Mücke zum Elefanten sagt: Komm, wir zwei regieren die Savanne!

Da kann sich der Franz Maget jetzt freuen, dieser sogenannte »Hoffnungsträger der bayerischen SPD«, ein Begriff, der in sich eigentlich

implodieren müsste, weil er sich selbst negiert, weil Hoffnung und SPD nicht zusammengehören. Denn die bayerische SPD, die zeigt als Opposition in Bayern so viel Profil wie ein Formel-1-Reifen … nach dem Rennen.

Ja, wofür halten wir uns in Bayern denn eine Opposition, wenn man von der nichts mitbekommt?

Mich hat ja nach meinem Rücktritt sofort ein Headhunter, also ein Abwerber, von der bayerischen SPD angerufen.

Weil, äh, die brauchen dringend einen Spitzenkandidaten für die Landtagswahl. Einen, den man kennt.

Also vom Bild her.

Und einen, der reden kann, so wie …, äh, … also wie …, äh, … ich.

Allen voran die Sozialdemokraten von der SPD.

SPD, das heißt doch in Bayern: Siebzehn Prozent durchschnittlich! Da hatte ich doch als Ministerpräsident mehr persönliche Referenten als die SPD-Mitglieder!

Man hatte geglaubt, man habe die Opposition im Griff, bis plötzlich ein Gespenst am weiß-blauen Himmel auftauchte …

SÖDER: Alle mol aweng herhörn, schlechte Nachrichten, aber kein Grund zur Baanigg, alles im grünen Bereich, alles crispy und funky.

STOIBER: Einen schönen guten Dings, mein lieber Dings! Bitte noch einmal von vorne, aber nur den Anfang, und dann bis, äh, »crispy und funky«!

SEEHOFER: Mahlzeit, Männer! Habt ihr Ostern gut überstanden? Also mir hat man da Eier ins Nest gelegt … die hätten von euch sein können!

SÖDER: Horst, amoll a weng aufbassn! Also ich hob da die aktuellen Umfragen … nach dem Moddo »Wenn morgen Wahlen wären …«. Und wos soll ich euch saang: die FDP über fünf Prozent!

STOIBER: Was? Aber doch wohl nur in unwichtigen Gegenden?

SÖDER: Genau! In ganz Deutschland. In Bayern sinds sogar siem.

SEEHOFER: Sieben Prozent für die FDP? Franz Josef steh uns bei!

SÖDER: Und sechs für die Freien Wähler.

STOIBER: Aber das ist ja eine richtige Cheops-Pyramide! Cheops-Botschaft! Eine Hiobs-Pyramide! Sieben und sechs Prozent, das sind ja zusammen fast zehn!

SÖDER: Von hundert!

STOIBER: Ach so … Nur von hundert … Dann ist ja alles halb so schlimm …

SEEHOFER: Markus, du musst sofort etwas unternehmen: Mehr Finanzen für die Heimat. Mehr Heimat für die Finanzen. Wir müssen den Wählern deutlich machen, dass Bayern nicht frei denkt und damit auch nicht frei wählt.

STOIBER: Stimmt! Da wollen wir uns noch lange nicht … ins Bockshorn … an die Wand malen. Aber diese Umfragen sind ja immer ein Wink mit dem Fingerzeig! Wehret den Anfängern!

SÖDER: Eine Union mit der Union ohne die Union ist mit der Union nicht zu machen!

SEEHOFER: Wär ja noch schöner: Ein Bayern, in dem frei gewählt wird! Das wird's unter mir nicht geben!

SÖDER: Und dann demnächst unter mir erst recht nicht! Bist mir doch in allem Vorbild, Horst!

STOIBER: Ganz deiner Meinung! Ich bin so frei! Beziehungsweise eben nicht …

Preißn, die

Wenn ein Bayer von einem »Preißn« spricht, muss das nicht unbedingt ein Schimpfwort sein, bei »Saupreiß« hingegen ist der Fall eindeutig.

Ein »Preiß« – was ist das? Auf alle Fälle ein Nicht-Bayer, ein Nord- und neuerdings auch Ostdeutscher, von weit weg und womöglich sogar protestantisch. Dabei bekommen sogar gebürtige Bayern diesen Titel verpasst, wenn sie aus einer Extremregion stammen. Urban Priol zum Beispiel aus Aschaffenburg ist politischer Bayer, spricht aber wie Heinz Schenk, der gar kein Hesse war, sondern Rheinland-Pfälzer. Urban sagt von sich, er sei »oin wascheschtä Bayä«.

Ebenso prekär ist die Situation für die Franken rechts oben, bei Coburg, die thüringisch sprechen (»Komm her bei mich, ich gab dich was!«) oder die ohnehin misstrauisch beäugten Schwaben und Allgäuer.

Woher dieses Fremdeln? Gehen wir, in Ermangelung einer Gaststätte, in die Geschichte:

Ursprünglich waren die »Preißn« die Einwohner des Königreichs Preußen, womit in der Regel alle (protestantischen) Norddeutschen gemeint waren. Besonders in Bayern verwendete man das Wort schließlich für alle Bewohner des Deutschen Kaiserreiches mit nord- oder ostdeutscher Sprachfärbung. Dass sich die Bezeichnung als Schimpfwort einbürgerte, liegt an der preußischen Armee: Sie besiegte mit verbündeten Truppen im Deutschen Krieg Österreich als dominierende Macht des Deutschen Bundes. In Österreich mochte man die Preißn auch nicht und nannte sie Piefkes.

Spätestens seitdem die Bayern sehr gut vom Fremdenverkehr und damit von den Preißn leben, verliert das Wort an Bedeutung und wird nur noch an Heimatabenden zur Belustigung der Preißn gebraucht. Dieser Mechanismus allerdings ist unverwüstlich, und auch ich bediene mich gerne. Wie im Fall des kleinen Torgen-Lennox. Heute heißen auch kleine Bayern so. Das liegt nur an den Saupreißn …

Der zehnjährige Torgen-Lennox – bunte Mütze, große Kopfhörer, karierter Blouson – springt aufgeregt auf die Bühne. Er ist schüchtern, aber begeistert. Er spricht einen möglichst un-bayerischen Dialekt und lispelt stark.

TORGEN-LENNOX: Voll goil!! Goil, echt! Nee, echt jetz! Goiiiiiil!

Hallo Leute, ich bin Torgen-Lennox. Ich sitze vorne links neben Aljoscha und Uwe. Also jetzt dem blonden Uwe, wir haben ja zwei, den blonden und den blöden. Ich sitz neben dem blonden.

Hähä. Goil. Echt.

Ich meine, dass ich … heute Abend … vor so vielen … Heavy-Usern hier performen darf! Goil!

Ich mein, ich bin ja nicht von hier. Ja neee … Ich bin aus … woanders her. Mehr hier weit weg von. Aber Bayern find ich voll goil! Und meine Hausaufgaben hab ich schon gemacht. Ein Erlebnisaufsatz. Warum mein letzter Urlaub der allerschönste war. Is schon auf Facebook. Wenn es euch interessiert. Ich meine, ich hätte das voll gruftig auch auf diesem Zeug, weiß, kann man falten, und Flieger draus bauen. Papier! Hier, ich hab's auf Papier! Soll ich vorlesen? – Ja? – Goil!!!! (Liest vor:)

»Warum mein letzter Urlaub der allerschönste war – Von Torgen-Lennox Haffgemeyer-Vollbrügge.«

Das bin ich, habt ihr schon gecheckt, oder? – Goil … (Liest vor:)

»Ich war in meinem allerschönsten Urlaub in Bayern. Meine große Schwester Jessica, meine Eltern und unser Hund Kubicki. Ich war auch dabei und ich heiße Torgen-Lennox und bin zehn Jahre alt.

Meine Eltern waren schon öfter in Bayern, aber für mich war es der erste Urlaub im Ausland, weil ich bisher nur auf Mallorca war.

Bayern wäre eigentlich sehr schön, aber man sieht es kaum, weil überall Berge davorstehen.

Sehr cool sind manche Häuser. Sie sind tätowiert, zum Beispiel mit einem Hirsch, einem Berg oder einem Baum. Aber weil die Bayern das Wort ›Tattoo‹ noch nicht kennen, sagen sie Luftgemälde dazu.«

(Er grinst unsicher ins Publikum.)

Ihr wisst, was ich meine, oder? Kennt ihr doch, habter schon gecheckt? Diese Comics ohne Text über der Haustür. Goil!!!

(Liest weiter:)

»Die Bayern sind lustige Menschen und lachen viel mehr wie die Leute bei uns zu Hause. Sie mögen uns sehr, denn wenn sie uns sehen, lachen sie noch mehr. Die meisten Männer heißen Sepp, Franz oder Xaver, die Frauen heißen alle Oide.«

(Ins Publikum:)

Stimmt doch, oder? Wer von den Frauen sind Damen, die Oide heißen? – Goil!!!!

(Liest weiter:)

»Das Lustigste in Bayern ist die Sprache. Manche können Deutsch, aber nicht alle. Der Ort, wo wir in einer Pension gewohnt haben, war da, wo Bayern ›Oberpfalz‹ heißt und da ist die Sprache echt krass. Als wir einmal gewandert sind, sind wir an einem Bauernhof vorbeigekommen, und davor war ein alter Mann auf einer Bank. Er hatte ein Stück braune Torte und vier Flaschen Bier. Drei leere und eine halb volle. Mein Vater sagte zu ihm, dass schönes Wetter ist und der Mann meinte: ›Loumameirouh!‹ Das heißt wahrscheinlich ›Guten Tag!‹ Ich wollte es gleich ausprobieren, ob ich die Sprache auch kann und sagte zu dem Mann: ›Loumameirouh‹.

Er blickte aber sehr böse und sagte zu mir: ›Saubougejbloßzou!‹ Da sagten wir lieber nichts mehr und gingen weiter, weil wir ihn nicht reizen wollten. Der Mann stand dann auf und stöhnte und sagte:

›Doubougescheißdizouh!‹ Das heißt wahrscheinlich ›Tschüss‹ oder so.

Die Bayern sind richtig lustig, wenn sie sich gegenseitig beleidigen. Das gefällt ihnen sehr. Wir haben einmal einen Ausflug gemacht in einen Ort, der heißt Ruhepolting. Als mein Vater und ich in der Dorfmetzgerei einkauften, kam ein Bayer herein und sagte zum Metzger: ›Servus Hans, du oida Hunzkrippe!‹ Da lachte der Metzger und sagte: ›Habe die Ehre, Sepp, du Saubär, du greislicher!‹ Sepp, der Saubär, freute sich sehr über diese nette Begrüßung. Als noch ein weiterer Bayer hereinkam, wurde die Stimmung immer besser. Er begrüßte die anderen beiden mit einem herzlichen: ›Ja, do schau her, da Sepp und da Hans! Griaß eich, ehs Schlawiner, ehs elendigen!‹ Auch Hans, der Hunzkrippe, und Sepp, der Saubär, begrüßten den Neuankömmling und riefen: ›Ja, griaß de Franz, oida Suffbeidl, stinkerter!‹ Franz Suffbeutel war total begeistert und lachte über das ganze Gesicht. Dann sagte Sepp, der Saubär, zu Hans, dem Metzger bzw. Hundskrippe: ›Hä Hans, gib ma amoi drei Boor vo deine greislichen Pfälzer, du Leitbscheißer, du windiger!‹

Metzger Hans meinte dazu: ›Für dein Saumogn taugns allwei no, du gschwoikopferter Bauern-Fünfer, du staubiger!‹« (Ins Publikum:)

Ihr versteht das alles, oder? – Goil! Ihr (liest ab) »gschwoikopferten Bauern-Fünfer, ihr staubigen!« – Hähä. Goil.

(Liest weiter:)

»Es gibt nichts Schöneres für einen Bayern, als beleidigt zu werden, denn sowohl Hans, der Leutebescheißer, als auch Sepp, der Saubär und Bauern-Fünfer, und Franz Suffbeutel waren in einer Super-Stimmung und lachten herzhaft.

Mein Vater sagte zu mir: ›Pass auf, Torgen-Lennox, jetzt mache ich auch mit bei dem Spaß!‹ Dann sagte er zum Metzger: ›Geben Sie mir bitte hundert Gramm von Ihrer verfaulten Salami, Sie Vollidiot!‹

Plötzlich lachte keiner mehr, und alle sahen meinen Vater böse an, sogar die alten Frauen, die im Laden waren. Der Metzger sagte mit finsterem Gesicht: ›Schaug bloß, dass d' weida kimmst, du Preissnschädl, du gfotzerter!‹

Das habe ich zwar nicht genau verstanden, aber es hörte sich nicht gut an, und wir verließen ohne Wurst die Metzgerei. Wahrscheinlich ist ›Vollidiot‹ eine Beleidigung, die die Bayern nicht kennen, und deshalb freuen sie sich nicht darüber.

Sonst war es in Bayern sehr schön, und ich habe mich sehr gefreut, denn ich durfte abends immer mit vier Jungs aus dem Dorf Fußball spielen. Ich habe mir extra die Namen der Jungs notiert, damit ich ihnen nach dem Urlaub schreiben kann. Sie heißen Üzügül, Sladec, Abdullah und Ferdl.

So, das war's. Ich freue mich schon auf den nächsten Urlaub in Bayern, weil Bayern ist voll goil.«

(Ins Publikum:)

Gibt doch voll die Eins, oder? Wenn nicht, komm ich nächstes Jahr wieder, und wir gehen da nochmal drüber. Okay? Goil!

Quer

Die Sendung »quer« mit Christoph Süß kommt immer am Donnerstag um 20.15 Uhr im Bayerischen Fernsehen. Hier hat für mich alles begonnen: Am Anfang durfte ich den Stoiber machen, immer am Ende der Sendung, am Schreibtisch sitzend, mit Christoph vor mir, auf einem kleinen Bankerl kniend. Danach war ich der Beckstein, dann der Seehofer. Dessen Kopf war aber nicht mehr sichtbar, sondern ragte oben aus dem Bild. Jetzt bin ich immer noch der Seehofer, mach zusätzlich aber auch noch den Söder, der als Marionette auftritt. Die ebenfalls als Puppe erscheinende Ilse Aigner sprech ich nicht, zumindest nicht bei »quer«. Auf der Bühne schon.

Hier, mit freundlicher Genehmigung der »quer«-Autoren, ein sendungsbeschließendes Gespräch zum Thema Hitzewelle, Facebook und Seehofer-Nachfolge.

SÜSS: Und das war's schon wieder, wenn Sie mitdiskutieren wollen ….

SÖDER: Will ich …

SÜSS: Sicher nicht über die Sendung??

SÖDER: Logisch, lupenreiner Sendungsbezuch: Sie ham die Vögel, wo wechen der Hitze tot ausm Nest fallen, die entscheidende Fraache wieder net gstellt, Süß …

SÜSS: Und die wäre??

SÖDER: Welches Plakat ham die überm Nest hänga ghabt, bevor sie nunterklatscht sind? Also ich hab in meiner Juchend immer des Blakat vom Franz Josef überm Bett hänga ghabt …

SÜSS: Was Sie über Facebook ja bereits sattsam verbreitet haben ….

AIGNER: Typisch Markus! Dass des arme Vogerl hi is, ausgedörrt am Boden liegt, des juckt eam net. Aber zwengs am Plakat dad er se echauffieren.

SÖDER: Ilse, alde Trauerweide!

AIGNER: (Schlag)

SÖDER: Sach amal, was hast du für a Plakat überm Bett hänga ghabt in der Zeit, die was bei normale Frauen als Juchend bezeichnet wird?

AIGNER: (Schlag) Des geht koan was o und 's interessiert auch neamand!

SÖDER: Und wie! Ich hab 1372 Likes abgegriffen für mei FJS-Foddo-Bosting. Und bei dir, Ilse – a Adogramm-Boster von Karel Gott? Oder Vadder Abraham und die Schlümpfe?

SEEHOFER: (kommt herein mit verhüllter Puppe auf dem Arm) Markus, in so heißen Sommern fällt auch der robusteste Kandidat gern amal vertrocknet aus dem Nest. Ich möchte hiermit einen neuen Kandidaten für meine Nachfolge ins Spiel bringen …

AIGNER: Als ob ma net scho gnua hättn …

SEEHOFER: Nämlich den Ortsvorsitzenden der CSU Oberpframmern Ortsteil Voglöd, Aloisius Hirnwammerl.

SÖDER: Muss ma den kennen?

SEEHOFER: Der Hirnwammerl ist mir durch seine unaufgeregte, bescheidene Geradlinigkeit aufgefallen und durch seine selbstlose Sacharbeit bei der Projektierung der Kanalisation in Voglöd!

SÜSS: Die Personaldecke der CSU scheint mir sommerlich dünn geworden zu sein. Und wieso ist der eigentlich verhüllt?

SÖDER: Er is hässlich wie die Nacht, dei Kandidat.

SEEHOFER: Rein strategische Gründe. Er wird zu gegebener Zeit enthüllt und dann seine volle Strahlkraft entfalten … (gibt ihn nach hinten ab).

SÖDER: Übrichens Horstla, wen hastn du überm Bett ghabt früher? Black Sabbath? Oder war des überm Bett eher net so interessant??

AIGNER: Markus, i fürcht, deine Plakat-Nummer hat ihrn Höhepunkt scho hinter sich. Muasst da was Neis einfalln lassn, da Somma is no lang ….

SÜSS: Ich fürchte auch …

SÖDER: Ich hab da scho was vorbereitet, Ilse, alder Lichtschutzfaktor …

AIGNER: (Schlag)

SEEHOFER: (neue Puppe wird hereingereicht) Ich hab auch was vorbereitet, eine neue Spitzenkandidatin …

AIGNER: (bitter) … recht herzlichen Dank, Horst …

SÖDER: Edelgunde Pfefferdorfer, Kassenwart vom SÜSSU-Ortsverein Breidengüßbach, fleißig, still und effektiv, ohne Facebook-Account und hässlich wie die Nacht??

SEEHOFER: Woher weißt du das?

SÖDER: Ich kann mich in deine Logik einhäcken, ka Ding ….

AIGNER: Und was war noch amal deine neue PR-Aktion, Markus?

SÖDER: Ich tu Anfang August im Nürnbercher Knoblauchsland a umgebaute Spargelstechmaschine feierlich einweihen …

SÜSS: Klingt wenig spektakulär …

SÖDER: … die wo in der Lage is, aus einer beliebichen Masse von Asylbewerbern die ausm Balkan gezielt nauszustechen und in an gesondertn Ladewagen zu schnippen, der wo sie dann gleich heimfährt nach Herzego-Alba-Kosovonien.

SÜSS: Und das kommt dann auf Facebook??

SÖDER: Is scho. www.Asylomat-»Söderette«.de

SÜSS: Na dann gute Nacht.

Ramadama

Als man noch Wortspiele mit muslimischen Begriffen machen durfte, wurde aus dem Ramadan das bayerische Ramadama, womit aber kein Feiertag gemeint war, sondern eine Aufräum-Aktion. In vielen bayerischen Gemeinden rief die Gemeinde alle Bürger auf, das Dorf zu säubern. Und in der Tat machten und machen viele mit und ziehen einen Tag lang los, um den Müll auch an Stellen zu entfernen, wo die Straßenreinigung nur schlecht hinkommt.

Im Lauf der Zeit wurde das Wort, vor allem im Norden Bayerns zum Synonym für Reparaturen aller Art, zunächst in der Gemeinde und schließlich auch privat. Insofern ist es die bayerische Bezeichnung für »Heimwerken«, also für Schrauben, Bohren, Sägen, Kleben und Basteln. Auch in Bayern gibt es Heimwerkermärkte, und die Kunden sehen nicht anders aus als in den Filialen anderer Bundesländer auch. Allerdings sprechen sie anders. Im vorliegenden Fall denken sie sogar anders.

Rüdiger Popp kommt auf die Bühne. Über normaler Alltagskleidung trägt er einen Mechanikerkittel. Er hat einen Werkzeugkasten dabei.

RÜDIGER (nach hinten): Alles klar, Scheff, ich schaumer des Freggerla amoll oo! Werd scho widder wern mit der Frau Kern. Mit der Frau Korn is aa widder worn! Scherz!

Er schaut sich auf dem Bühnenboden um.

Da läuft der IB44-Kabelabroller zur Stromkabelhaspel 230, alles klar, irchendwo do drin is der zweibooliche Zwischenschalter und klemmt den 820er-Schrumpfschlauch ab. Des wermer glei ham wermer des …

(Ins Publikum:) Serwasla! Nicht, dass Sie jetzt maana, wos isn des für a Kaschperla do vorn! Ich bin fei echt! Die ham do hinten a Problem mit dem Dreier-Potenziometer und dem Zehnerkabel, des hinten beim Verschdärcher nei geht, und ich war grad da und da hobbi gsocht, schaui mers halt amoll an.

Bobb is mein Name. Mit drei hadde »B«. Aans vorm »O«, zwaa danoch. Alles hatt. Nur des »O« is waach. Vorname Rüdicher. Rüdicher Bobb. Angenehm. Weil ich akzentfrei sprech, ham Sie bestimmt ka Ahnung, wo iich dahaam bin, gell? Ich bin aus Katzanaang. Bei Bindlich. Hamsa scho moll gheert? Bindlach! Wo des NKD herkommt! Und da dreimoll um die Eggn, do is Katzanaang. Katzeneichen! Oberfrangggn. Jetzt simmer beieinander.

Mein Werchzeuchkasten hobbi fei immer dabei. Der Kiddl is immer mit drin. Ob Betriebsausfluuch, Kino oder dem Krebs sei Kabbaree-Schmarrn – ohne mein Werchzeuchkoffer du ich fei kann Schritt vor die Düüür. Es bassiert ja immer wos. So wie jetzt. Wenn nix bassiert. Mit dem Verschdärcher. Naja, des wermer glei hamm.

Wissen Sie, wen ich ganz orch gern mooch? Den Heidecher! Maddin Heidecher! Der sacht Sachen – wenn i di hör, dann fühl i mi wie … wie … wie damals, wo ich denn Eierkocher bei eingestecktem Stecker reparieren wollt. Danach is ma direkt ein neuer Mensch.

Also der Heidecher, der sacht Sachen. Wartensa moll … »Die schlechthinnige Existenz des Seienden ist die vorläufige Voraussetzlichkeit für die Ununterschiedenheit wider eine Substanz.«

Großordich. Ich glaab, dem Heidecher is des eigfalln, wo er aaa amoll an Eierkocher repariert hat.

Oder der andere da, der Dings – der Addorno! Kennasa den Addorno. »Freie Fahrt für freie Bürcher!« – Halt, des wor net der Addorno, des wor der ADAC. Obba ka schlechte Vielosoffie, müssnsa fei scho a weng zugehm!

Mir Heimwercher und die Vielosoffen – des sinn fei enge Verwandte. Müssn sa bloß amoll a Gebrauchsanweisung lesn. Da is der Heidecher a Dreck dagehn! Wartnsa moll …

(Holt einen Zettel aus dem Kittel und liest:)

»Der Spülmechanismus der ausgelöteten Schwallerpumpe muss den hydrologischen Hubmoment der Gelenkbolzen übersteigen, sonst wird der Rückflussarm des Saugbeckens abgefloddert und die Glühstäbe müssen mit einem geeigneten Schraubhammer wieder weichgebohrt werden.«

Wedder nei! Wo song sa jetz? Da is ma doch sofort im Nirwana! Und wenn mir amoll noch so was is, dann geh i immer a weng nei na OBI nei, und da bin ich meinem Heidecher ganz nah.

A Freind von mir, der is aa a weng a Heimwercher, der geht immer zum Kaufhof in die Küchenabteilung. Er sacht, er will dem Schöpfer ganz nah sein.

Des wär mir zu fad. Wenn ich a weng philosophiern will, dann geh i a weng nei na Obi nei. Da hobbi beides: Habermas und Metermaß.

Da habbi dann noch amoll Glück ghabt bei meiner Ausbildung. In Goldkronach war des damals, bei der Firma »Leberkäs und Langsam«, unser Wahlspruch: »Des machmer gleich, des machmer morng!«

Den Bladdo hodder orch gern ghabt, den kenna Sie doch, den Bladdo? – Naa, net der mit die Sohln! Der haaßt »Blattoooo«. Ich maan den Bladdo! A alter Grieche! Ja, des Land hats damals noch gegehm!

Des war a Oart Bundespräsident oder Aufsichtsratsvorsitzender, auf alle Fäll a hoher Politiker, aber der hat nebenbei auch noch geistich gearbeitet, und dann hodder immer so Sprüchla gsocht. »Das Staunen ist der Anfang der Erkenntnis!« Hobbi oft dro denkn müssn, wenn i vor so aner ausgelöteten Schwallerpumpn gsessen wor …

(Nach hinten:) Ja, mir ham's glei! (Übergangslos ins Publikum:) Wissen Sie, wo ma des am besten beobachten kann mit dera Vielosoffie? Beim Ölwechsel.

Schauasa amoll, wenn ich Ihnen des kurz erläutern darf, mir ham ja Zeit …

Die meisten Menschen machen des so: Auto in die Werkstatt fahren, einen Kaffee trinken, nach einer Viertelstunde wieder nach Hause fahren. Kosten: 40 Euro und einen Euro für den Kaffee, richtich?

Und wie macht des der vielosoffisch gebildete Heimwercher? Der dengt on sein Bladdo oder sein Heidecher und soocht sich: Der Weech ist die Kraft, und in der Ruhe liecht das Ziel. Also genga mir erscht amoll a weng nei na OBI nei. Wie sacht schon Georg Friedrich Wilhelm Heechel: »Zum Handeln gehört wesentlich Charakter, und ein Mensch von Charakter ist ein anständiger Mensch, der als solcher bestimmte Ziele vor Augen hat und diese mit Festigkeit verfolgt.« – Wor scho a Subberdübb, der Heechel …

Wir wählen also charakterfest den Weech vorbei an Flex und Akkuschrauber bis zum Gang acht, und was dummer do nei in unser Weechala? Öl, Filder, Ölbinder und Reinigungscreme. Und weil heute Abend auch ein paar Damen unter den Frauen sind, kaufen wir an der Kasse noch einen Duftbaum. Iiiiiimmer galant!

Etzatla. Sammer widder dahaam, und do wird ersteinmal a Bierla gschlabbt – als Verbeuchung vor den großen Vielosoffen. Dann müssmer des Audo aufboggn, geht aber net, die Klötze hat der Sohn unter seim Tretauto, denn der Sohn is ja aaa a Heimwercher.

Dann die Wanne zum Ölablassen unter den Motor schiem. Zum Öffnen braucht man einen 16er-Schraubschlüssel. Is natürlich net da. Der Heidecher sacht: Realität ist eine Illusion, die auf dem Mangel an Alkohol beruht. Also nuch a Bierla gschlabbt, dann nach aaner halbn Stund die Suche aufgehm und den verstellbaren Schraubschlüssel verwenden.

Ablassschraube lösen und in die Wanne mit dem heißen Öl werfen. Sich dabei mit Öl beschmieren, Sauerei aufputzen. Danach zuschauen, wie das Öl abfließt. Dabei zur Ergänzung auch a Bierla mit abfließen lassen. Hähä.

Ölfilterzange suchen. Nicht finden. Aufgeben und Ölfilter mit Schraubenzieher einstechen und abschraum. Der Deufl erscheint. Mussi vielleicht erklärn, des is der Deufls-Korla, mei Nachbar. Mit vereinten Kräften wird der Bierkastn geleert und der Ölwechsel auf den nächsten Daach verschoom. Denn wie sacht der große Vielosoff Sokrates: »Je weniger einer braucht, desto mehr nähert er sich den Göttern, die gar nichts brauchen!«

Am nächsten Daach Ölwanne mit Altöl unter dem Fahrzeuch vorziehen, Bindemittel auf Öl streuen. Und was wird dazu gschlabbt? – Naa, ka Bierla! Des hammer doch scho gestern getrunken, bassens halt a weng auf, wenn ich Ihnen des scho alles erklär! Nächster Schritt: Bier beim Getränkemarkt kaufen, neuen Ölfilder einbauen, dabei dünnen Ölfilm auf die Ölfilterdichtung aufbringen. Ersten Liter Öl in den Motor einfüllen. Ablassschraube langsam in der Wanne suchen. Und finden. Dann – ganz wichtich! – beim Anziehen der Ablassschraube mit dem Schraubenschlüssel abrutschen und die Fingerknöchel an der Karosserie verletzen. Fluchen. Schraubenschlüssel wegschleudern. Weiter fluchen, weil der Schraubenschlüssel das Dezember-Playmate an der linken Brust verletzt hat. Ich hobb nämlich des Dezember-Playmate bei mir in der Garaasch. Aber des aus dem Jahr 1985, danach habbi mehr die Zeidung nimmer kaufn dürfn …

Jetzt hammers dann aa glei: Hände und Stirn reinichen und verbinden, dabei ordentlich (macht Trinkbewegung und zwinkert) desinfizieren.

Vier Liter frisches Bier einfüllen. Hald aweng, Entschuldichung: Öl maani nadürlich. Auto von den Böcken runternehmen, Bindemittel aufs verschüttete Öl streuen. Probefahrt. Auf die Seite gewunken und wegen Fahrens unter Alkoholeinfluss verhaftet werden. Fahrzeuch wird abgeschleppt, Kaution wird hinterlegt. Fahrzeuch am nächsten Tag vom Polizeihof abholen. SO sieht ein perfekter Ölwechsel aus!

41 Euro hat der normale Ölwechsel gekostet. Und der vom fillosoffischen Heimwercher? Anzeiche wegen Trunkenheit: 1500 Euro, Abschleppkosten: 100 Euro. Kaution: 150 Euro. Bier: 20 Euro. Öl und Zubehör: 50 Euro. Nicht zu vergessen: 1 Euro für den Duftbaum!

Rein finanziell gesehen kein Gewinn. Vielosoffisch gesehen aber ein ungeheuerlicher. Denn wie sacht schon der Heidecher: Das Verstehen betrifft als die Erschlossenheit des Da immer das Ganze des In-der-Welt-Seins.

Weswechen woor jetzt ii iiberhabts do …. Ach ja, wechen dem kabuddn Verschdärcher. Da fällt mir der Satz eines großen Vielosoffen ein, nämlich vo meim aldn Scheff, dem Lautbacher-Kunz. Der hat immer gsaacht: »Des machmer glei, des machmer morng.« Serwasla …

Schwaben, die

Die bayerischen Schwaben haben das Problem, dass sie jeder für Stuttgarter hält. Weil für das durchschnittliche bayerische Ohr halt »woisch« und »kaasch« und »bisch« wie Wolfgang Schäuble klingt und damit unbayerisch. Gleichwohl aber sind die Menschen westlich des Lechs vollwertige Bayern. Geistig und körperlich. Da ich in der Gegend wohne und mit dem Bayerischen Rundfunk zu tun habe, wurde ich aufgefordert, etwas Gutes über die Schwaben zu sagen, als der Intendant das Regionalstudio in Augsburg besucht hat. Diesmal also Krebs pur, keine Kunstfigur, kein Double, aber viel Engagement.

WOLFGANG KREBS: Sehr geehrter Herr Intendant, liebe Gäste des Bayerischen Rundfunks.

Dies hier ist die dritte Regionalkonferenz in Bayern, und jedesmal hat der Intendant verwandtschaftliche Verhältnisse in seine Rede eingebaut, die er aus seiner große Familie ableitet.

Ich war gespannt, ob Ihnen das heute wieder gelingt. So ähnlich macht es übrigens auch der Horst Seehofer. Nur der geht sogar noch einen Schritt weiter: Der denkt sich nämlich oft, man muss die loben, wo man gerade ist, und auf die schimpfen, wo man gerade herkommt.

Heute sind aber ausnahmsweise nicht die Ministerpräsidenten Bayerns mein Thema, sondern das Verhältnis des Schwaben zum BR.

Es ist vielleicht ein völlig unstatthafter Vergleich, aber mir fällt dazu das Verhältnis meines Jack Russell Terriers Tommy zu mir ein.

Er weiß zwar, wo er hingehört, und ist treu, aber er geht gerne störrisch seine eigenen Wege.

Er freut sich darüber, wenn er zurückgepfiffen wird, weil er damit auch weiß, dass ihn irgendjemand bemerkt. Und er mag es, wenn sich jemand mit ihm beschäftigt. Insgesamt ist er jedoch lieb und bellt oder schimpft nur selten.

Und genau da hinkt der Vergleich, denn der Schwabe kann schimpfen! Leise zwar, aber dafür stetig und ausdauernd.

Ein beliebter Stein des Anstoßes ist ja die Frage, warum die Regionalredaktion aus München sendet?

Oder aber: Warum im Allgäukrimi so viele Baden-Württembergisch sprechende Schauspieler besetzt wurden, und so wenige echte Allgäuer.

Und bei all diesen Themen können wir Schwaben uns eine Scheibe von den Franken abschneiden. Denn der Franke schimpft nicht nur leise, sondern laut und organisiert.

Ich habe sogar den Eindruck: Im Gegensatz zu den Schwaben jammern ja die Franken viel mehr.

Zuletzt wegen dem Nürnberg-Tatort.

Herr Intendant, Sie haben gesagt: Es gibt keinen Franken-Tatort, denn der wird viel zu teuer. Recht haben Sie!

Und deshalb haben wir Schwaben jetzt eine noch viel bessere Idee:

Den Augschburg-Tatort.

Ich versichere Ihnen: Der Schwabe dreht zum halben Preis durch, wenn der Tatort aus Augsburg kommt! Dann ist Ihnen eine einhundertprozentige Einschaltquote aus Schwaben sicher.

Ich sage ja: Der Schwabe ist treu, wie man an den jährlichen Spitzeneinschaltquoten der Faschingssendung »Schwaben weißblau« aus Memmingen ersehen kann.

Also der Schwabe jammert viel weniger als der Franke, also muss man sich doch fragen: Ist der Schwabe der schlechtere Franke?

Vielleicht liegt's auch dran, dass zum Beispiel der Markus Söder so gut im BR verdrahtet ist.

Jaja, der hat ja immer noch ein Rückkehrrecht aus seiner Zeit als Fernsehredakteur beim BR. Jetzt ist er Minister. Und ich kenne einige Mitarbeiter des Bayerischen Rundfunks, die sich wünschen, er möge noch sehr, sehr lange in der Politik bleiben.

Jedenfalls haben Franken und Schwaben eine Gemeinsamkeit: In der Historie waren beide viel weiter als die Münchner, die ihre Existenz ja nur einer lächerlichen Holzbrücke zu verdanken haben.

Ich gehe sogar noch einen Schritt weiter: Die Schwaben und insbesondere die Augsburger waren schon vor Jahrhunderten eine stolze Hochkultur, und hatten die Fugger und edle Kaufleute, da ist man in den Wäldern um den späteren Englischen Garten noch auf den Bäumen herumgeklettert und hatte Angst vor der Rückkehr der Dinosaurier.

Gegen das damalige Augusta Vindelicorum und seine alten römischen Bauten ist die einst künstlich geschaffene bayerische Landeshauptstadt ein frühes Disneyworld. Und dieser Weg wird durch historisierte Fassaden der unbezahlbar gewordenen Neubauwohnungen in München sogar noch weiter gehen.

Schaun Sie, wenn Paulaner jetzt sogar freiwillig den Nockherberg verlässt, um auf dem Land neu zu bauen und dies alles damit finanziert, indem die Brauerei ihre Immobilien den Münchner Spekulanten überlässt …

Dann könnte der BR einen viel besseren Weg gehen und vom Hauptbahnhof in München gleich ganz hierher nach Augsburg ziehen.

Hier ist auch die Luft besser.

Und sollten Sie, in ferner Zukunft, einmal Einsparungen vornehmen wollen, dann würden Sie auch hier in Augsburg jederzeit auf großes Verständnis stoßen. Die Schwaben sind ja für ihre Sparsamkeit bekannt.

Kürzlich hat eine schwäbische Fußballmannschaft ein Spiel gewonnen. Der Trainer kommt in die Kabine und sagt: »Kerle, ihr warad groß-

artig. Ihr hand eich jetzt a Erfrischung redlich verdient. Los, Schorsch, mach's Fenschder auf!«

Derlei inspiriert ist auch der Augsburger Oberbürgermeister, der jetzt aus Spargründen auf allen Empfängen das Essen abgeschafft hat … Der OB Gribl muss ja 13,5 Millionen reinsparen. Ich hab gar net gwusst, dass in Augsburg des Catering so teuer ist.

Da sind wir froh, dass wir heute beim BR-Empfang sind.

Und dann erlauben Sie mir, Herr Intendant des Bayerischen Rundfunks, noch ein paar persönliche Anmerkungen.

Sie waren ja bis 2005 enger Mitarbeiter von Edmund Stoiber. Also in den guten Jahren!

Ohne Sie ging's mit Stoibers Umfragewerten bergab.

Danach sind Sie enger Mitarbeiter der Bundeskanzlerin geworden. Also in den guten Jahren!

Ohne Sie geht's dort gerade mit den Umfragewerten bergab. Wir können jetzt alle nur hoffen, dass Sie sehr, sehr viele Jahre beim BR bleiben, dann kommt jetzt eine lange Phase der guten Jahre und dann geht's weiter aufwärts.

Und, beim Jammern der Schwaben gibt es ja auch Erfolge. So wurde uns beim Mundart-Betthupferl vor ein paar Wochen eine Stuttgarter Schauspielerin als Schwäbin verkauft.

Dies stieß auf so lauten Protest, dass die Geschichten von der Grischdiene, der schwäbischen Stubenfliege, jetzt glücklicherweise mit Conny Glogger mundartsicher besetzt wurden.

Angeblich kamen aus keinem bayerischen Regierungsbezirk so viele kritische Reaktionen. In diesem Sinne kann ich die Kollegen vom Bayerischen Rundfunk nur vorwarnen: Rechnet auch weiterhin mit den Schwaben!

Seehofer, Horst

Unser aktueller Ministerpräsident, und das seit 2008: Horst Lorenz Seehofer, geboren am 4. Juli 1949 in Ingolstadt. Ein Arbeiterkind, das zunächst eine Beamtenlaufbahn eingeschlagen hat. Von 1992 bis 1998 war er Bundesminister für Gesundheit und von 2005 bis 2008 Bundesminister für Ernährung, Landwirtschaft und Verbraucherschutz. Ein Querkopf mit deutlichen Ecken und Kanten, mit schrulligem Humor, kein Mann für das Festzelt, sondern eher für die kleine Diskussionsrunde.

Schwere gesundheitliche und private Probleme halten ihn nicht davon ab, den schweren Karren der bayerischen Politik zu ziehen. Manchmal in die falsche Richtung, manchmal mit dem falschen Personal, aber niemals unentschlossen oder zaghaft.

Fünf Jahre später, zu seinem 65., war natürlich einiges los in der Landtagskantine. Hier ein Einblick in die Vorbereitungen.

SÖDER: Freunde, amoll a weng herhörn. A boor Dooch noch, und der Seehofer wird 65! Am 4. Juli!

STOIBER: Und er arbeitet immer noch! Respekt! Aber wenn ich da ganz kurz an MICH erinnern darf: Mein 65. Geburtstag … liegt ja nun auch schon wieder … ein paar Lenze … hinter den Jahren … aber ich bin immer noch dabei! Am Münchner Hauptbahnhof! Oder dann … in zehn Minuten … schon in Brüssel … am Schaalsdegool!

SÖDER: Is scho recht, Edmund! Aber mir ham jetzt a weng a Notsituation. Mir brauchn a Geschenk!

BECKSTEIN: Wenn ich mich do amoll a weng … zu Wort melden darf …

SÖDER: Ach du liebe Zeit, Günther! Was machst DU denn hier!? Ich denk, du bist im Ruhestand!?

BECKSTEIN: Host scho recht, Margus. Oba manchmal schiggd mich die Marga nach München, damit i ihr widda a boor Handdaschn mitbring, drum binni da. Ich hädd a Idee für a Geburtstagsgeschenk für den Horst: einen Sonderwaachn für seine Schbielzeicheisenbahn zum Dransbord von Nürnbercher Broadwürstn. Hähä! Schbitznsache!

STOIBER: Das ist ja phänomenal! Beziehungsweise völlig absurd! Ich würde mich da gerne … mit meiner Besoffenheit … mit meiner Betroffenheit in die Diskussion einbringen.

SÖDER: Schbubggs aus, Edmund!

STOIBER: Und zwar ein Dings! Mit so … bunten Dingern dran. Oben. Und an der Seite auch. Zum Aufstellen oder Hinessen oder auch nur zum Anschauen. Oben aus irgendwas, und unten aus Dings!

SÖDER: Themawechsel. Der Chef kommt!

SEEHOFER: Servus, Männer! Ihr sitzt da so konspirativ zusammen! Dass ich da bloß nix merke! Wenn's um meinen Geburtstag gehen sollte – der wird in der Öffentlichkeit nicht erwähnt! Vor ein paar Jahren hab ich gesagt, dass in der Partei jeder über 60 gehen soll, da will ich jetzt keine blöden Witze zu meinem 65. hören! Mahlzeit!

SÖDER: Alles klar, Chef, voll verstanden, geschbeichert und gesichert! (leise:) Jetzt weiß ich's, Männer: Wir schenken ihm, dass wir ihm NIX schenken!

BECKSTEIN: Hähä. Wir schenken ihm, dass wir uns sein Geschenk schenken. Subber.

STOIBER: Das hab ich zwar noch nicht verstanden, aber ich hätte es auf alle Fälle besser formulieren können. Wenn auch nicht so schnell …

Eine Woche später dann der eigentliche Festakt.

(Geräusch: Messer klopft an ein Glas)
STOIBER: Liebes Brautpaar, liebe Gäste! Beziehungsweise andersrum, also liebes Geburtstagskind und lieber Jubilar. Euch beide, die ihr

da, in einer Person vereint, zur Rechten unserer Mitte sitzt, euch gilt es heute zu losen und preiben. Zu leiben und zu prosten. Zu loben und zu preisen.

SEEHOFER: Hätt ich nur keinem was gesagt von meinem 65. Geburtstag …

STOIBER: Lieber Seevogel, lieber Hofseher, lieber Horst! Ich bin kein großer Redner und kein Freund von großen Worten …

SÖDER: Wenn's nur so wär!!!

STOIBER: … aber wenn einer seinen 65. Geburtstag begeht, so kann dazu unmöglich geschwiegen werden!

BECKSTEIN: Wär obba vielleicht a bissla besser …

STOIBER: 65 ist ein stolzes Alter! Wer es erreicht, kann zurückblicken auf, äh, 64 Jahre. Und da stellt sich dann auch die Frage, wann man des schweren Tagwerks müde … abends seine Hände … im Lehnstuhl zusammenfaltet … um sich nur noch den lieben Enkelchen zu widmen.

SÖDER: So a Gschmarri, jetz loss mich amoll … Horst, schau her, ich hob dir da amoll deine Rentenprognose zsammgeschdelld, also alles einwandfrei, da kannst du dir noch a boor schöne Wertbabiere zulehng, kommt a scheens Sümmla zsamm, konnst mer fei gaam …

BECKSTEIN: Is fei gor net so schlimm, so a Ruhestand, Horst. Schau MICH an … Doo nuch a weng a Böstla, dort mach i noch a weng an Beraader, und ansonsden hobbi ja mei Marga und mei Sudoogu.

SÖDER: Und so a Dermien is außerdem a gude Gelechenheit, amoll a weng sein Haus zu bestellen.

SEEHOFER: Warum soll ich ein Haus bestellen, ich hab ja schon eins. Und eure scheinheiligen Ruhestandsempfehlungen könnt ihr euch sparen – ich überleb euch alle!

So, und jetzt bringmer die Peinlichkeit schnell hinter uns. Also los – her mit dem Lied!

(Allgemeines Geräuspere, und dann singen SÖDER, STOIBER, BECKSTEIN mehr oder weniger synchron):

Happy birthday to you, happy birthday to you, happy birthday, lieber Horsti, happy birthday to you!)

SEEHOFER: So kenn ich euch: Um Einigkeit bemüht, und trotzdem disharmonisch. Hinsetzen, aufessen, weitermachen! Mahlzeit!

Söder, Markus

Geboren am 5. Januar 1967 in Nürnberg, ist er ein Arbeiterkind wie Seehofer. Er studierte Jura, wurde danach Redakteur beim Bayerischen Rundfunk und ist heute Bayerischer Staatsminister der Finanzen, für Landesentwicklung und Heimat. Derzeit gilt er als einer der Nachfolgekandidaten für Seehofer. Wenn Sie diese Zeilen lesen, wissen Sie es eventuell besser.

Wie Söder mehrfach erzählt hat, war sein Vater ein glühender Verehrer von Franz Josef Strauß. Die Leidenschaft übernahm der Sohn dergestalt, dass er schon in jungen Jahren ein Strauß-Poster über dem Bett hängen hatte.

Eines Tages wurde aus dem fränkischen Protestanten und Strauß-Anhänger ein veritabler Minister und zog als solcher in die Landtagskantine ein.

An Selbstbewusstsein mangelt es ihm nicht. Hier ein Söder-Monolog, wie er ihn tatsächlich gesagt haben könnte:

MARKUS SÖDER: Ich bins, euer Heimat- und Finanzminister! Für die, die mich noch nicht kennen, ich bin der aus der Vorabendserie vom BR. Da spiel ich so einen gut aussehenden volksnahen Politiker und fahr immer im Metzgersauto von der Brunnervroni und red zufällig über meine Erfolge. Ich bin ja eh ein Fernsehtyp. Wenn ich in einer Talkshow bin, dann klatschen die Leute sogar, bevor ich was gsagt hab.

Laut neuster Umfrage werd ich der nächste Ministerpräsident. Des sagt auch die Finanzwirtschaft: Seitdem die Schweizer ihre Währung vom Euro entkoppelt haben, steht jeden zweiten Tag in der Zeitung: Märkte erwarten weitere Aufwertung des Franken! Und der bin ich!

Sein Auftritt als er selbst in der TV-Serie »Dahoam is dahoam« schlug hohe Wellen. Und war somit ein Thema in der Kantine.

STOIBER: Mein lieber Söder, ich gratuliere dir von ganzem Dings zu deinem spektakulären Fernseh-Auftritt!

SÖDER: Maans du jetz den beim Jauch oder beim Blassberch oder welchen denn?

STOIBER: Neinnein! Ich habe dich ja gewissermaßen in einer völlig anderen Rolle gesehen, so richtig glaubwürdig und seriös, also wirklich ein Musterbeispiel an Schauspielkunst. In dieser einen Sendung da … wie heißt sie denn … »Mainz bleibt Mainz«!

SEEHOFER: Fast rrrrichtig, Edmund! Du meinst »Dahoam is dahoam«!

STOIBER: Genau! Dahoam is dahoam! Wie es singt und lacht!

SEEHOFER: Das hab ich AUCH gesehen, und muss sagen: Rrrresch-beckttttt! Allerdings muss man sagen, dass dieser Auftritt nicht ganz ohne Folgen geblieben ist …

SÖDER: Noja, hodd a bissla an Ärcher gehm, von weechn Wahlwerbung und so … Aber wofür sind denn unsere Medien sonst da, wenn nicht für Wahlwerbung? Machmer doch do herin aa in der Kandiene!

STOIBER: Also ich ja nicht. Ich stecke ja nur noch meinen Rüssel … in Brüssel … in die Aktenordner, und dafür muss ich keine Werbung machen. Obwohl … ich war ja auch schon oft zu Gast im Fernfunk und im Rundsprecher! Bei der Anne Müll früher, oder der Illbrett Meiner und dem Günther Gottschalk! Und so eine kleine Rolle … in einer Serie … so wie das unser Markus gemacht hat … Haha! – Das würd mir schon gefallen. Horst, du kontrollierst doch alle Medien! Könntest du da nicht einmal ein gutes Wort für mich herstellen?

SEEHOFER: Selbst-verrr-ständlich! Was darf's denn sein? Tatort? Lindenstraße? Sendung mit der Maus?

STOIBER: In dieser einen Serie da, da wär ich gern dabei. In dieser australischen. Mit den vielen Damen und dem interessanten Nahrungsangebot.

SEEHOFER: In den Dschungel willst du? Kein Problem!

SÖDER: Und du, Horst? Willst net a weng mit?

SEEHOFER: Brauch ich nicht. Ich bin ja schon seit vielen Jahren hier in Bayern der Dschungelkönig …

Die Nachfolgefrage bleibt ein beherrschendes Thema:

STOIBER: Markus, mein lieber Mahlzeit! Äh … Masszeit, mein lieber Malkurs!

SÖDER: Es geht um Folchendes: Der Horst hört ja bald auf, des is völlich klar, und ich sach dir scho amoll: erstens kein Butsch. Zweitens: Die Übernahme muss friedlich verlaufen. Drittens wie erstens, und viertens wie zweitens.

STOIBER: Da bin ich völlig deiner Übereinstimmung, aber wie war bitte noch einmal erstens?

SÖDER: Erstens wie drittens: kein Butsch. Des machmer ganz diskret, ich geh auf den Präsidentenstuhl und die Aichner auf die Nordwand.

AIGNER: Griaß di, servus, griaß eich, habe die Ehre, servus, griaß di …

SÖDER: Wer war denn das?

STOIBER: Die Ilse Aigner!

SÖDER: Jaja, am Gsicht hab ich sie schon erkannt, aber die Stimme war doch viel zu tief?!

STOIBER: Vielleicht war's nur ein Stimmdouble.

SÖDER: Ja klor, des wird's gwesn sei. Vorsicht, der Horst kommt!

SEEHOFER: Serrrvus miteinander, lieber Vorgänger und mein lieber Markus!

SÖDER: Servus Horst, die Krawadde steht dir sehr gut, werkli einwandfrei.

SEEHOFER: Ich liebe ehrlich gemeinte Komplimente ohne Hintergedanken. So, eine kleine Stärkung in der Landtagskantine, und dann wird kräftig weiterregiert. Erst ein Gespräch mit dem Konsul von Legoland, und dann Kaffee mit der Ilse Aigner!

SÖDER: Reine Zeitverschwendung, Horst.

SEEHOFER: Ich streich den Konsul und geh mit der Ilse zum Käfer! Servus!

SÖDER: Wor noch net so optimool, werd scho no … Edmund, könnst DU denn net a weng für mich Werbung machen?

STOIBER: Selbstverständlich! Wenn Sie in zehn Minuten – mit dem Problembären – oder vom Hauptbahnhof – mit voller Kompetenz-Kompetenz – !

SÖDER: Danke für den Versuch. Aber mich unbeliebt machen konn i immer noch selber am besten …

SPD, die

Die Geschichte der SPD in Bayern ist deutlich älter als die der CSU. Ihre Wurzeln gehen zurück bis ins Jahr 1866, gegründet wurde sie 1892. Beginn eines über 100 Jahre langen Trauerspiels, das 1954 kurz unterbrochen wurde. Weil die CSU mit der Bildung einer Regierung scheiterte, regierte die SPD in einer nicht sehr ehrenhaften Vierer-Koalition zusammen mit dem Gesamtdeutschen Block/Bund der Heimatvertriebenen und Entrechteten, der Bayernpartei und der FDP. Das weiß heute keiner mehr und will auch keiner mehr wissen. Die SPD auch nicht.

In den Jahren danach gaben sich die potenziellen Ministerpräsidenten die Klinke in der Hand, ließen sich auf dem Nockherberg vorführen und machten gute Miene zum bösen Singspiel. Wer erinnert sich noch an Volkmar Gabert, Helmut Rothemund, Karl-Heinz Hiersemann, Franz Maget? Prominentere Kandidaten, aber genauso erfolglos: Hans-Jochen Vogel, Renate Schmidt und zunächst Christian Ude.

Ein leichtes Spiel für Edmund Stoiber, den Misserfolg der nicht ernst zu nehmenden Konkurrenten zu kommentieren.

EDMUND STOIBER: Steinmeier und auch dieser Steinbrück, bei den Sozis heißen die ja die Rolling Stones. Liebe Freunde, ich kann Ihnen versichern, ich kenne alle Hits von den Rolling Stones. Let it Be! Smoke on the Water!

Und damit vergleicht sich die SPD? Liebe Freunde, wenn diese beiden Ritter von der traurigen Gestalt die Rolling Stones sind, dann ist die CSU Heavy Metal! AC Blitz DC oder wie auch immer diese Kapelle heißt. Jetzt sind sie ja ganz stolz auf ihre eigene Merkel-Version. Diese Frau Kraft. Aus Mülheim an der Ruhr. Ich kann mich noch an Zeiten erinnern, da ist man nicht an der Ruhr geboren, da ist man der Ruhr gestorben! Zum Beispiel der Markus Rinderspacher. Gut, wenn man den selbst fragen würde, dann würde er von sich behaupten, dass er ein Bayer ist. Falsch! Wo ist er geboren worden? In Kaiserslautern!

Gut, das kann man seit den Wittelsbachern im weitesten Sinne bayerisch nennen. Aber der Rinderspacher ist auch noch ein Luthrischer! Und das ist spätestens seit Günther Beckstein in der bayerischen Politik kein Erfolgsmodell mehr!

Außerdem ist dem Markus Rinderspacher die bayerische Lebensart vollkommen fremd. Der ist ja bis zum Obersten Rechnungshof gerannt wegen meiner Resonanzstudien! Simple Meinungsumfragen, die wir für den Wahlkampf gebraucht haben. Und da sagt der Rinderspacher, die muss die CSU bezahlen und nicht die Regierung.

Ja, kann mir mal einer sagen, was da der Unterschied sein soll? Leben wir jetzt hier in einer Demokratie oder was?

Spiegelau

Spiegelau ist eine wunderschöne kleine Stadt mit fast 4000 Einwohnern in Niederbayern, ganz nah an der tschechischen Grenze. Warum Spiegelau erwähnt wird? Wobei es doch unter dem Buchstaben »S« keinen Mangel an Stichwörtern gegeben hätte? Der erste, wenn auch scheinheilige Grund: In Spiegelau gibt es eine sehr berühmte Glasfabrik. Gläser aus Spiegelau findet man auf den Tischen der ganzen Welt, sogar im Weißen Haus bei dem jeweiligen Präsidenten.

Immer noch kein Grund für einen Eintrag im Bayern-ABC? Von bayerischen Städten mit berühmten Marken und Firmen gäbe es weitaus mehr und durchaus bedeutendere? Richtig. Sie haben mich durchschaut. Der Eintrag erfolgt aus Eigennutz, aber ich verspreche: SIE haben auch etwas davon!

Vor ein paar Jahren war ich in Spiegelau, am Tor zum Nationalpark Bayerischer Wald. Ich war mit einigen sehr gut aufgelegten Kollegen zu Gast in einer TV-Produktion, auf dem Tisch vor uns standen Gläser aus Spiegelau. Ohne dass es irgendjemand deutlich ausgesprochen hat, wurde der Wunsch laut, ob man diese Gläser und den Herkunftsort nicht gelegentlich beiläufig erwähnen könnte. Das war natürlich streng verboten, aber weil die Menschen so nett waren, überlegten wir uns, wie wir helfen konnten. Und meinten, am unverfänglichsten seien Scherze in Reimform, das kennt man von uns Spaßvögeln, das ist unverdächtig.

Wir setzten uns also hin und rivalisierten darin, immer noch einen Reim auf Spiegelau zu finden. Die Ausbeute war beträchtlich, auch wenn es kein einziger Zweizeiler in die Sendung schaffte. Ich habe die Reime

ein bisschen geordnet und ihnen eine Rahmenhandlung gegeben. Das Gesamtwerk ist noch erhalten und wird hier präsentiert. Als Verbeugung vor und Lobpreisung für das wunderschöne Spiegelau.

1.
In einem Werk in Spiegelau,
da stellt man Gläser her.
Der Umsatz – der war eher mau,
die Kassen waren leer.

Da sprach der Chef von Spiegelau
zu seinem Führungsstab:
»Es kennt am Markt uns keine Sau –
das stellen wir jetzt ab!

Ein jeder kriegt, ob Mann, ob Frau,
'nen Stift und einen Bogen.
Ihr reimt jetzt was auf ›Spiegelau‹ –
wir brauchen einen Slogan!«

Der Chef sich seine Augen rieb,
als er dann las, was jeder schrieb:

Am liebsten schwimmt der Kabeljau
im Wasserglas aus Spiegelau.

Melissengeist der Klosterfrau
erblüht im Glas aus Spiegelau!

Der Jägersmann sieht ganz genau
das Wild durchs Glas aus Spiegelau!

Es schmeckt selbst Essig wie Bordau
in einem Glas aus Spiegelau.

Es ruft kein Narr in Mainz »Helau!«
mit leerem Glas aus Spiegelau!

Das Fensterglas vom Schürmann-Bau
ist Wertarbeit aus Spiegelau!

Für Nagellack und Morgentau
gibt's Sonderglas aus Spiegelau!

Die Scheibe vorne am TV,
die ist aus Glas aus Spiegelau.

2.
Der Chef – er strahlt: »Das ist ja fein
und grenzt schon an ein Wunder.
Doch kann das noch nicht alles sein –

los, Leute – gebt mal Zunder!
Seid ruhig mal mutig, werdet kess!«
Und jetzt ertönte Folgendes:

Die Ampel schaltet rot-gelb-blau,
das liegt am Glas aus Spiegelau.

Man trennt den Eber von der Sau
durch Panzerglas aus Spiegelau.

Die DDR beim Mauerbau
verschmähte Glas aus Spiegelau.

Schneewittchens Schlaf war eine Schau
dank Sarg aus Glas aus Spiegelau!

Na, das wäre ein Radau,
bräch alles Glas in Spiegelau!

Es hebt der Papst mit seiner Frau
das Messwein-Glas aus Spiegelau.

Es stammt – man weiß es ganz genau –
die Uschi Glas aus Spiegelau.

Verhüt die Folgen vom GV
mit etwas Glas aus Spiegelau!

3.
Jetzt haben alle Blut geleckt.
Man reimte bis aufs Messer!
Der Chef goss 20 Pullen Sekt
in Spiegelauer Gläser.

Es setzte jeder einen drauf –
und weiter ging der Amoklauf:

Jeder Wein wirkt trüb und grau
in einem Glas aus Spiegelau.

Über dreißig keinem trau!
Erst recht nicht Glas aus Spiegelau!

Wenn ich dir tief ins Auge schau,
dann seh ich Glas aus Spiegelau.

Ich trinke auf den Super-GAU
aus einem Glas aus Spiegelau.

Als Ausnahme merk dir genau:
der Spiegel, doch *die* Spiegelau!

Es knirscht so, wenn den Wein ich kau –
es ist das Glas aus Spiegelau!

Leicht wirst du doppelt so schnell blau,
benützt du Glas aus Spiegelau!

Mit jedem ich mich prügeln trau –
hab Brillenglas aus Spiegelau!

Schöner wird der schönste Pfau
hinter Glas aus Spiegelau!

Lallt Berghoff in der »Tagesschau«,
dann liegt's am Glas aus Spiegelau.

»Du bist ja nackt!« ruft meine Frau –
mein Anzug ist aus Spiegelau!

Ich zahle nix, ich sauf für lau
aus meinem Glas aus Spiegelau!

Wird bei dir der Schniedel blau
war viel im Glas aus Spiegelau!

Die Scheiben wurden langsam blind,
der junge Morgen dräute.
Und wenn sie nicht gestorben sind,
dann reimen sie noch heute.

Starkbier, das

Die korrekte Beschreibung: Starkbier bezeichnet eine Gattung von Bieren, deren Alleinstellungsmerkmal der Stammwürzegehalt von über 16 Prozent ist und deren Alkoholgehalt bei 6,5 Prozent oder auch höher liegt.

Das klingt weitaus trockener, als es sich trinkt. Ein hochgefährliches Gebräu, der Sage nach von bayerischen Mönchen erfunden, um mit diesem Sättigungsersatz einigermaßen heiter durch die Fastenzeit zu kommen. Der Plan dürfte aufgegangen sein.

Ich wurde gebeten, ein Referat darüber zu halten. Und wie immer, wenn es mir ernst ist, wie vorhin bei der Kuh, komm ich nicht als Witzfigur, sondern als Krebs.

WOLFGANG KREBS:

Liebe Fastengemeinde,

dass ich heute bei Ihnen sein darf, ist natürlich einem besonderen Anlasser geschuldet. Wir haben uns heute hier versammelt, um eine kulturelle Errungenschaft zu würdigen. Eine, um die uns die ganze Welt beneidet. Das Starkbier. Ein bernsteinfarbenes Zeugnis bayerischer Lebensart, liebe Freunde!

Und da habe ich mich gefragt: Was macht das bayerische Starkbier eigentlich so wertvoll? So einzigartig? Ist es sein unverwechselbarer Geschmack? Ist es die einzigartige Verbindung von Entsagung und Dekadenz, die in diesem Krug eine schaumgekrönte Verbindung eingehen? Die Antwort ist: nein. In Wahrheit ist das bayerische Starkbier deshalb so beliebt, weil es so machtvoll ist. Seine Macht, und das ist es, worauf ich hinauswill, seine Macht reicht aus, um die Geschichte zu verändern. Und Sie alle, liebe Freunde hier in …, haben heute Abend die Gelegenheit, mit mir zusammen Zeugen dieser Macht zu werden. Ich fordere Sie auf: Trinken Sie einen Schluck. Und dann noch einen. Und dann erleben Sie, wie Geschichte verändert wird. Prost!

Das Problem ist nämlich, wenn man sich die Geschichte des Starkbiers vordergründig anschaut, dann stellt man fest: Das bayerische Starkbier geht zurück auf zwei gänzlich unbayerische Zeiterscheinungen:

Protestantismus und Zuwanderung. Denn wer hat das Starkbier erfunden? Paulanermönche aus Italien. Und warum hat der brave Kurfürst Maximilian der Erste sie ins Land geholt? Um die Lutherischen zurückzudrängen!

Und da standen diese zugereisten Südländer natürlich in der Fastenzeit vor einem echten Problem. Weil der Spätwinter in Bayern halt anders ist als in Rimini. Vor allem kälter. Und wer friert, der braucht Nahrung. Jetzt war aber den Paulanermönchen in der Fastenzeit halt nur flüssige Nahrung erlaubt. Und Latte Macchiato noch nicht erfunden. Also taten die Mönche das, wozu auch wir uns hier heute versammelt haben: Sie tranken Bier. Prost!

Die Mönche tranken also Bier. Genauer gesagt: ainpöckhisches Bier aus dem Hofbräuhaus. Dazu muss man wissen, dass damals der Italiener so etwas war wie der Chinese Europas: ein notorischer Raubkopierer. Und außerdem, wie Italiener eh, im Wesen zügellos. Das Resultat: Die Paulaner fingen selbst an, Starkbier zu brauen. Ähnlich wie das Hofbräu, aber mit mehr Stammwürze.

Das half ihnen, den bayerischen Winter zu überstehen. Aber nicht unbedingt die Reformation zu bekämpfen. Da musste zuerst noch ein gestandener Bayer daherkommen, um aus dem Fastentrunk eine Wunderwaffe zu machen: der Oberpfälzer Braumeister Stephan Still.

Denn was hat der getan? Er hat nicht nur den Paulanern das Starkbier perfektioniert. Nein, er hat auch dafür gesorgt, dass der kurfürstliche Nachfolger Karl Theodor davon so viel zum Trinken bekam, dass er den Paulanern den Ausschank erlaubte. Eine Erlaubnis, von der die Mönche fortan heftig Gebrauch machten. Und das, liebe Freunde, war nicht nur der Grundstein dafür, dass wir uns heute hier im Zeichen dieser Tradition versammeln dürfen. Nein, es war auch der entscheidende Schachzug im Kampf gegen alles Evangelische. Weil die Menschen nämlich fortan wählen konnten zwischen Luthers Thesen und Münchner Tresen!

Und da zeigt sich eben diese geschichtsverändernde Wirkung des Starkbiers: Am Anfang meines kleinen Vortrags hatten Sie alle nur wenige Schlucke davon getrunken, und das Bier ging zurück auf Reformation und Zuwanderung. Und jetzt, ein oder zwei Maß später, wissen wir: Mit diesem bayerischen Brauereierzeugnis haben schon unsere Vorväter die Protestanten bekehrt und sich dabei von den Zuagroasten den Ausschank besorgen lassen! Und da zeigt sich wieder einmal die Überlegenheit der bayerischen Kultur!

Stoiber, Edmund

Mit ihm fing meine Karriere als Imitator an, und mit ihm wird sie dermaleinst enden.

Edmund Rüdiger Rudi Stoiber, geboren am 28. September 1941 in Oberaudorf am unteren Rand Bayerns. Und nicht etwa am rechten.

Ebenso wie Markus Söder setzte er für sich ein Jurastudium durch und ging danach in die Politik. In den heißen Jahren, in denen Franz Josef Strauß Ministerpräsident war, leitete er die Staatskanzlei. Mit eiserner Hand und Disziplin. Gefürchtet waren seine Anrufe beim Bayerischen Rundfunk, wenn am Vorabend etwas gesendet wurde, was der CSU missfiel. Den Spitznamen »blondes Fallbeil« erarbeitete er sich nur zur Hälfte, denn für seine Haarfarbe kann er nichts.

Von Mai 1993 bis September 2007 war er Ministerpräsident des Freistaates Bayern und von 1999 bis 2007 Vorsitzender der CSU. Seit 2007 ist er Ehrenvorsitzender der CSU.

Stoiber war bei der Bundestagswahl im September 2002 Kanzlerkandidat der Union. SPD und Grüne erhielten zusammen eine Mehrheit von 306 von 603 Bundestagssitzen, Gerhard Schröder blieb Bundeskanzler. Als Edmund Stoiber am Wahlabend in Berlin losflog, war er der Hochrechnung nach der Kanzler. Als er in München landete, war er es nicht mehr.

Bei der bayerischen Landtagswahl 2003 erreichte die CSU mit Stoiber als Spitzenkandidat das nach Sitzverteilung beste Ergebnis, das je bei einer Landtagswahl in der Bundesrepublik erzielt wurde (60,7 % der Stimmen, 124 von 180 Sitzen). Und dann kam Kreuth …

Egal, wie man politisch zu ihm stehen mag: Alle seine Mitarbeiter, die je mit ihm zu tun hatten, sprechen von ihm als von dem besten Chef, den sie je hatten: gerecht, aufmerksam, beherrscht, fair.

Ich habe ihn erst kennengelernt, als er die große Bürde politischer Verantwortung nicht mehr tragen musste. Da ist es dann natürlich leichter, gelassener zu sein.

Ich muss sagen, ich war aufgeregt, als ich 2013 den Kulturpreis der Stadt Kaufbeuren aus seiner Hand überreicht bekam. Ich hielt folgende Rede.

WOLFGANG KREBS: Meine sehr verehrten Damen und Herren, sehr geehrter Ministerpräsident des ehemaligen Bayern, lieber Landesvater der Herzen!

Ich bin außerordentlich gerührt und erfreut, diesen Preis zu erhalten, und noch dazu aus IHRER Hand! Denn wenn es Sie nicht gäbe, gäbe es auch mich nicht!

Sie haben vor einiger Zeit gesagt, dass man Erfolg nie alleine hat, dass immer auch andere dazu gehören. Und genauso ist es auch bei mir. Was wäre ich ohne die Hilfe von anderen? Von Beckstein, Seehofer, Beckenbauer?

Wobei, ich gebe es gerne zu … In meinen Programmen kommen ja mehrere berühmte Menschen vor, aber wenn SIE auftreten, dann gibt es immer den größten Applaus!

Und ich denke mir: Mei, die klatschen und trampeln, dabei bin ich ja nur die Kopie! Was wäre erst los, wenn das ORIGINAL auftreten würde? Aber glücklicherweise sind Sie offenbar zu teuer, drum nehmen die immer mich. Sie verlangen vermutlich so viel wie der Bill Clinton, und ich bitte Sie sehr herzlich: Gehen Sie niemals mit der Gage nach unten! So hat meine Familie immer ein warmes Mittagessen …

Ein bisserl komisch ist das schon, dass die Kopie einen Preis bekommt aus der Hand des Originals. Stellen Sie sich vor, wie das woanders ausschauen würde. Da müsste dann der Geschäftsführer von Siemens nach China fahren und sich dafür bedanken, dass die alles so schön nachgemacht haben.

Nein, nein, das geht nur in den zwei Berufsgruppen, die als Hauptaufgabe haben, das Publikum zu unterhalten und abzulenken, nämlich Kabarett und Politik.

Ich weiß nicht, wie es Ihnen geht, Herr Stoiber, aber bei mir ist das mittlerweile so: Ich weiß gar nicht mehr, welche Textpassagen von mir sind und welche von Ihnen!

Ich hab mir was aufgeschrieben, und ich bitte Sie, mir da zu helfen …

Hier, ein schöner Satz! »Im deutschen Fernsehen gibt es nur noch kaputte Familien. Die einzige halbwegs normale Familie, das sind die Simpsons!«

Der ist von mir, oder? – Von IHNEN? Super, darf ich den verwenden?

Oder dieser: »Meine Frau und ich, wir haben beide Humor. Sie in der Praxis, ich in der Theorie.«

AUCH von Ihnen? Herr Stoiber, darf ich »Herr Kollege« sagen?

Noch einer: »Liberalität heißt doch nicht, für alles offen zu sein! Wer für alles offen ist, ist nicht ganz dicht!«

Auch von Ihnen, ich hab's mir schon gedacht.

Ein letzter:

FDP! Wissen Sie, was damit abgekürzt wird? Früher haben wir immer gedacht, das heißt »Für Die Preissn«!

Ha! Der ist von mir, aber den überlasse ich Ihnen gerne!

Was wäre die Landtagskantine ohne ihn, den großen Rhetoriker?

SEEHOFER: Servus, liebe Mitstreiter. Lasst mich bloß mit der Europawahl in Ruhe, reden wir über etwas anderes. Edmund, hast du ein passendes Thema, das mich auf andere Gedanken bringt?

STOIBER: Selbstverständlich, weil das ja klar ist! Meine lieben Freunde und Parteisoldaten, liebe Kantinenbesucher und Mitesser. Heute ist ein Tag der Dankbarkeit, der Freude und der Gemeinsamkeit.

SÖDER: Wos isn los, Edmund, du bist in der Landdaachskandiene und net aufm Bardeidaach!

SEEHOFER: Lass ihn, Markus! Es zeichnet den Vollblutpolitiker aus, dass er da keinen Unterschied macht.

STOIBER: Ich möchte mich heute gerne … hier in aller Öffentlichkeit … neben den Plastiktabletts und vor dem Nachspeisen-Büfett

… möchte ich mich gerne äußern. Frank und furt. Frei vom Leberfleck. Frank und frei von der Galle heraus.

SEEHOFER: Des wird immer schlimmer mit dem …

STOIBER: Wie wir alle lesen konnten … in den Fernsehern und Radiozeitungen … hat die große Kollision in Berlin einen Entschluss, äh, entschlossen. Und zwar die Rente ab 63 für ledige Mütter im hohen Alter. Nachträglich für alle, die mit 18 schon über 60 waren. Und dabei ein Kind und ein Auto großgezogen haben. Und da ist mir aufgefallen, dass ja auch MEIN Lebensabend … am Horizont … heraufdümpelt. Hämmert. Dämmert. Und es ist bestimmt überwähnig zu erflüssen … überflüssig zu erwähnen, dass ich ja nicht nur ein Kind und mehrere Autos großgezogen habe, sondern einen ganzen Freistaat. Verstehen Sie! Von meinen 18 Kindesbeinen an! Mein Bestreben war immer: Nur das Beste für Bayern, den Rest für mich! Also für meine Landsleute. Und dazu gehöre ich ja auch.

SÖDER: Soll i an Sanidäder holn?

SEEHOFER: Nein, Markus, hör lieber weiter zu, du kannst eine Menge lernen …

STOIBER: Und deshalb fordere ich für mich die Mütterrente für Frühgebärende sowie eine Anerkennung meiner jahrzehntelangen Sozialleistungen. WENN einer die Rente mit 63 verdient hat, dann ja wohl ich! Denn ewig werde ich das auch nicht mehr weitermachen wollen, und dann falle ich vielleicht in ein Rentenloch! Und das haben wir nicht verdient, das Loch und ich!

SEEHOFER: Edmund, wir schicken dich niemals in Rente! Wir brauchen dich als Flaggschiff der CSU!

STOIBER: Dann können wir ja jetzt über die Europawahl reden.

SEEHOFER: ZAH-LEN!!!!

Strauß, Franz Josef

Es ist unmöglich, Bayern und die Bayern zu verstehen, ohne sich mit ihm zu beschäftigen. Die Verehrung, die ihm auch lange nach seinem Tod entgegengebracht wird, wird nur noch von der Sympathie zum Märchenkönig Ludwig übertroffen. Ein Metzgerskind aus München-Schwabing, das natürlich den Laden übernehmen soll, aber auf Vermittlung des Pfarrers aufs Gymnasium gehen soll. Weil er so schön Lateinisch sprechen kann. Während des Krieges und danach alles andere als ein überzeugter Nationalsozialist, Stalingrad-Kämpfer und Kriegsgefangener, begann er ab 1945 eine erstaunliche Karriere, die mit so vielen Skandalen gepflastert war, dass damit locker fünf andere Kollegen hätten zu Fall gebracht werden können. Nicht so Strauß.

Kanzler ist er nicht geworden, dafür aber Ikone. Fragt sich, was besser ist. Eine Antwort darauf versucht nun sein loyaler Mitarbeiter und Amtsnachfolger E. Stoiber.

EDMUND STOIBER: Liebes Bodenpersonal, erlauben Sie mir in diesem Zusammenhang auch einige persönliche Worte. Der Flughafen Franz Josef Strauß, das ist ja für mich durchaus auch ein Stück Erinnerung.

Es ist ja kein Zufall, dass wir damals entschieden haben, ausgerechnet einen Flughafen nach Franz Josef Strauß zu benennen. Denn von den zahllosen Fähigkeiten, die Bayerns Über- …, äh, Vorvater wie kein Zweiter verübte, ist das Fliegen sicher die gemeingefährlichste, äh, beeindruckendste.

Franz Josef Strauß, meine Damen und Herren, das war ein Baron der Lüfte, ein Quax im Cockpit. Ich selbst habe auf dem Flug nach Moskau hinter ihm gesessen und mich an seinem Aktenkoffer festgehalten!

Wenn Franz Josef Strauß einen Steuerknüppel auch nur angeschaut hat, dann haben die Fluglotsen weltweit Sonderschichten eingelegt! Und somit war Bayern in Sachen Gefährdung des internationalen Luftraums immer schon unangefochten die Nummer eins.

Dass FJS nach wie vor allgegenwärtig ist, muss nicht besonders betont werden. Auch viele Jahre nach seinem Tod 1988 finden sich seine Spuren noch überall. In den Personalentscheidungen, die er getroffen hat, in den BR-Mitarbeitern, die er an entscheidende Stellen gesetzt hat, in den Reliquien, die er hinterlassen hat.

Hier eine Geschichte aus der Provinz, stellvertretend für den Strauß-Kult und die Strauß-Verehrung. Ort der Handlung: eine kleine bayerische Gemeinde mit einem vielsilbigen Namen und einem keineswegs einsilbigen Ortsvorsitzenden.

SCHORSCH SCHEBERL: Mir ham bei der Bepflanzung unserer Gemeindeverwaltung Blut und Tränen gschwitzt.

Insbesondere bei dem Kasus Kaktus! Unserem geliebten Waschbetonkübel, der wo seit dem Besuch von Franz Josef Strauß im Jahre 1979 vor unserem Rathaus steht. Und der ist schon damals von unserem Landesvater lobend erwähnt worden, als Klo-, äh, Schmarrn, als glorreiches Beispiel unserer Dings, äh, Gemeinde.

Seitdem haben wir den gemeindlichen Waschbetonkübel in Ehren ghoitn, und sogar einen Förderverein zum Erhalt gegründet. Mia ham sogar einen Förderverein zum Erhalt des Fördervereins gegründet.

Vorletztes Jahr dann hat ein gewisser Hauser Heinz nix bledas zum doa ghabt, als mit der Laderampm von seim gschissenen Dreckslaster nach der Weihnachtsfeier im Rathaus beim Einladen der Zapfanlage gegen unsere Franz-Josef-Strauß-Reliquie zu fahren!

Wir warn alle betroffen, und vielen aus unserer Gemeinde ist die Weihnachtsfreude dadurch flöten gegangen!

(Laut:) Gwoant hamma, wo ma die Schande gseng ham!

Da hat's ja ausgschaut wie nach einem Bombenangriff.

Dieser gewisse Hauser ist, ob man es so sagen will oder nicht, rotzbesoffen in voller terroristischer Absicht gegen unsern Kübel gfahrn! Gegen den Hauser Heinz und seine Laderampen da ist der Taliban ein Gesangsverein!

Und weil des no ned reicht, hot der sich nacha wahrscheinlich in diesem unserem Gemeinde-Kleinod erleichtert.

Neigschbim hoda!

Der Kugelbuchs, den wo ich vor drei Jahren eigenhändig eingesetzt hab … weil da war grad wieder beim Praktiker alles außer Tiere … hat im wahrsten Sinne des Wortes zum Kotzen ausgschaut !!

Und weis so koid war, hat ma ja wochenlang die gfrorana Breckal no gsegn.

Der Hauser Heinz ist ein eingefleischter Sozi! Unser geliebter Waschbetonnachlass vom FJS ist mit voller Absicht vom Klassenfeind bebrochen worden!

Ich sage immer: In unseren Kübel könnt ihr brechen, aber nicht unseren Willen.

Wurscht! Jedenfalls, letztes Jahr ist dann der Kübel von mir in wochenlanger Kleinarbeit saniert worn. 241 Arbeitsstunden. Ehrenamtlich! Ich hab auf der Innenseite einen Vollwärmeschutz mit Styrodurplat-

Franz Josef Strauß - Bay rischer Ministerpräsident
*6. Sept. 1915
†3. Okt. 1988

ten angebracht und mit Epoxydharz ausgestrichen. Des ist jetzt fast schon ein Niedrigenergiekübel mit einem Energiestandard von KfW 70.

Die Kosten meines ehrenamtlichen Ängaschmarrns von mir und meiner Person beliefen sich auf 37 Euro und 96 Cent, aber nur, weil ich beim hiesigen Baumarkt einen Rabatt von sieben Prozent heraushandeln konnte.

Und jetzt werfen mir der Gustl und der Woifi vor, dass ich dadurch einen höheren Rabatt auf meinen neuen Carport bekommen hätt.

Ausgerechnet der Gustl! Des Oanzige, was bei dem arbeit, san die Wimmerl auf seim Lahmarsch.

Und der Woifi, der is so vui bläd, der hot an Intelentsquotienten unterhalb der Grasnabe.

Da Woifi und da Gustl, da wennd ma ned gehst! De Lätschnbenes, die zamgsuffana!

Wer so was behauptet, ist es nicht würdig, ein Ehrenamt von solcher Wichtigkeit wie dieses unseres 1988 gegründeten »Vereines zur Erhaltung des Waschbetonkübels vor dem Gemeindeamt« zu bekleiden!

Dass wir den Franz-Josef-Strauß-Waschbetonkübel im Juni 2011 nun feierlich wieder seiner Bestimmung übergeben haben, ist nur der 1938 verstorbenen Hintermoser Vani zu verdanken. Weil die hat uns bei der Bepflanzung geholfen, ohne dass sie was woas.

Weil wir ham von ihrem stillgelegten Grab den abgeräumten Humus samt Blumenschmuck kostenlos übernommen!

Wenn jetzt also jemand behauptet, in dieser Angelegenheit müssten jetzt endlich Köpfe rollen, dann kann ich nur sagen, jawoll, viele, aber nicht meiner!!! Ich lasse mir das weder vom Gustl noch vom Wolfi sagen. Von dene bledgsuffane Schwammalzinkn!! Dene ausgschamte.

Saubande, elendigliche!!!

Testament, Altes

Dieser Teil der Bibel ist dem Bayern bedeutend näher als der neuere. Weil es da saftiger und kerniger zugeht! Die »Auge um Auge«-Mentalität, das Sintflut-Drama und der Plagen-Horror – das sind Geschichten nach dem Geschmack des Alpenländers. Und das am Anfang beschriebene Paradies kommt dem Freistaat sehr nahe – mit dem Vorteil, dass die Bayern nicht daraus vertrieben sind.

Alles Weitere jetzt in einer kleinen Exegese von unserem Hobby-Theologen und -Historiker E. Stoiber.

EDMUND STOIBER: Wir blättern weit zurück im Alten Testament. Dieses Testament trägt im Gegensatz zu MEINEM den Zusatz »alt« zu Recht. Denn es werden Dinge beschrieben, die mit der heutigen Lebenswirklichkeit in unserem geliebten Freibier, Freitag, im Freistaat nichts mehr zu tun haben. Da wird die Welt also angeblich in wenigen Tagen erschaffen. Das ist schwer zu glauben. Die ganze Welt! In wenigen Tagen! Ich weiß nicht, wie es IHNEN geht, aber MEINE Erfahrungen mit Handwerkern unterscheiden sich da erheblich!!!

Wie lesen wir im ersten Einschreiben, im Fax, im Brief von Apostel Schörghuber an das Volk der Komantschen: »Wer aber von euch ohne Steine ist, der werfe … das Glashaus … auf den grünen Zweig. Denn sehet die Grünen im Bundestag: Sie säen nicht, sie ernten nicht, und ihre Mandate ernähren sie doch.«

Da fällt mir ein Dings ein, ein Buchstabe, nein, nicht einer, mehrere, also quasi ein ganzes Wort! Ein Wort fällt mir ein des singenden Evan-

2003
EINGESTIMMT.

gelisten Robert Chris. Oder Chrisbert Rob. Wie singt er so richtig im oberen Bereich der Hitparade: »Du kannst nicht immer 17 sein, Liebling, das kannst du nicht.« Und wer wollte ihm da widersprechen …

Und ich zitiere ein weiteres Mal den Propheten … Dings …, der in einem seiner Erlebnisaufsätze schreibt: »Und es hub ein Murren an unter den Kindern Israels und einer hub an zu sprechen und sprach also: Was sollen wir unseren Weibern sagen, wenn wir abends zu spät aus dem Felde an den Herd gekrochen kommen? Was sollen wir ihnen antworten, wenn sich ihre Stimme erhebt und sich das Nudelholz senkt? Sollen wir ihnen die Wahrheit einschenken, so wie wir das den ganzen Abend gemacht haben, nämlich als reinen Wein?«

Ja, so geht das noch seitenlang weiter, ich weiß auch nicht, was der … Dings … damit sagen will. Das bestätigt nur wieder meine alte These: Eher kommt der Berg zum Propheten als der Prophet zum Thema.

Transrapid, der

Zwischen 2000 und 2008 wurde ein schöner Traum geträumt: der von einer Eisenbahn auf Stelzen, der Technologie des nächsten Jahrtausends. Die 35 Kilometer zwischen dem Münchner Hauptbahnhof und dem Flughafen sollten damit überbrückt werden können, in den berühmt gewordenen »zehn Minuten«! Außer einer Strecke in Shanghai ist von der Technik nichts geblieben, ein Mahnmal am Münchner Flughafen in Form einer Transrapid-Kabine wurde vor Kurzem entfernt.

Fragt man nach den Kosten des eingestellten Projekts, erfährt man verschiedene Zahlen. Je nachdem, wen man fragt. Am besten ist man bei einem Betrag um die drei Milliarden aufgehoben, was die Bahn in den Bereich der Elbphilharmonie und des Münchner Flughafens schweben lässt.

Trotzdem ist er bis heute populär. Was an Edmund Stoibers legendärer Rede liegt, die es nur als Tondokument gibt. Mir reicht das völlig. Und ihm auch. Wir beide profitieren nach wie vor davon. Besonders auf dem Gillamoos im Ottenbräu.

EDMUND STOIBER: Schaun Sie, wenn ich irgendwo bin, in Deutschland, oder auch in Berlin, oder in Düsseldorf, dann spreche ich immer auch über mein geliebtes Bayernland. Über die grünen Wiesen und über meine Rindviecher. Und über euch, liebe Bayern und über Heimat, Brauchtum und Tradition. Aber wir brauchen in Bayern einerseits das Brauchtum und unsere Traditionen, andererseits brauchen wir auch den technologischen Fortschritt. Ich bin heute mit dem Hubschrauber hierhergekommen.

Noch schöner wäre es natürlich, wenn ich sagen könnte, dass ich vorher in den Transrapid gestiegen bin.

Wenn Sie bei der Staatskanzlei in München, äh, am Hauptbahnhof in München mit zehn Minuten, äh, zehn, äh, Flugminuten und zwar mit dem Hubschraubenzieher, äh, Hubschreiber, äh, Schrauber, dann werden Sie feststellen, dass zehn Minuten, Sie jederzeit locker brauchen, um zum Transrapid zu finden.

Schaun Sie sich die großen Hubschrauberlandeplätze einmal an, wenn Sie in, äh, Heathrow in London oder sonstwo, meine sehr, äh, gescherten, äh, Charles de Gaulle, äh, in Frankreich oder in, äh, in, äh äh, in, äh, Rom, wenn Sie sich mal die Entfernungen ansehen, dann werden Sie feststellen, dass zehn Minuten Sie jederzeit locker in Frankfurt brauchen, um Ihr Gate zu finden.

Wenn Sie im Parkhaus der Staatskanzlei starten. Sie steigen in den Hauptbahnhof ein, Sie fahren den ganzen Weg zum Flughafen Edmund Stoiber, äh, in zehn Minuten, dann starten Sie praktisch am Gillamoos in Abensberg. Das bedeutet natürlich, dass der Abensberger im Grunde genommen näher an Bayern, an die bayerischen Städte heranwächst.

Weil das ja klar ist, weil im Ottenbräuzelt viele Menschen aus Bayern zusammenlaufen.

Schaun Sie, meine letzten Worte, die ich gerade gesprochen habe, erinnern den einen oder anderen von Ihnen vielleicht an meine Rede zum Transrapid. Das ist ja inzwischen ein echter Klassiker. Damit führe ich seit Jahren im Internet die Hitliste an, und zwar online. Diese unvergessliche Sternstunde der Rhetorik beweist letzten Endes, mit welch einfachen Stilmitteln man selbst im Gespräch bleibt. Oder der Transrapid. Es ist dies das Stilmittel der Konfusion.

Diese Rede hält man mir vor, dabei ist sie gerade auch ein Meilenstein in der rhetorischen Geschichte. Weil der Transrapid kommen wird, nur weil es diese Rede im Internet gibt. Und weil sie deshalb auch jeder kennt, weil sie so einmalig ist.

Als wüsste ich nicht selbst, dass man manchmal einfache Botschaften eben gerade nicht klar verständlich in Worte fassen sollte. Für viele junge Politiker ist deshalb gerade meine Rhetorik ein großes vorbildhaftes Beispiel.

Deshalb möchte ich Sie heute auch in Hinblick auf Ihre Zukunft ermahnen: Wer, wie Sie, kurze klare Botschaften aussendet, der muss vorsichtig sein, denn er wird gut verstanden. Und der wird an seinen Worten vermessen. Äh, gemessen. Und das kann man sich in der Politik mitunter nicht immer leisten. Weil das ja klar ist.

Wobei ich persönlich ja immer ein Freund der klaren Worte war. Ich will Ihnen da einmal ein Beispiel nennen. Es ist viel diskutiert worden im letzten Jahr: Geh ich nach Berlin, oder geh ich nicht nach Berlin. Was mich betrifft: ich habe meinen Wählern niemals etwas vorgemacht. Ich habe vor der Wahl ganz klar gesagt, dass ich nach Berlin gehe oder nicht, und dann bin ich nach Berlin, oder nicht, darauf konnten sich meine Wähler einhundertprozentig verlassen.

Ja gut, ich habe damals einen großen Fehler begangen. Man hat mir ja schon viele Ämter überall angeboten. Zuerst Präsident der Europäischen Union in Brüssel, dann sogar Bundespräsident und Wirtschaftskanzler, äh, -minister. Mancher hat sogar gesagt, ich sei wie eine Brieftaube: Man kann mich aussetzen, wo man will, ich komme immer wieder zurück.

Dabei habe ich mich für den Posten in Berlin nur deshalb nicht entschieden, um mich nicht gleichzeitig gegen den Posten in Brüssel entscheiden zu müssen. Verstehen Sie? Und ob ich mich nicht doch noch für Berlin entscheide, das ist im Übrigen überhaupt noch nicht entschieden.

Also, äh, meine rhetorischen Glanzleistungen werden ja überall im Internet verbreitet und, äh, die Rechtefrage ist dabei völlig unklar. Weil schließlich habe ja nur ich ein Recht an mir selber.

Nehmen wir nur mal mein Meisterwerk. Die Transrapidrede. Sie wissen schon: Wenn Sie am Hauptbahnhof in München …

Diese Rede hält man mir vor, dabei ist sie gerade auch ein Meilenstein in der neueren rhetorischen Geschichte des, äh, viralen Marke-

NOPQRSTUVWXYZ

tings. Als wüsste ich nicht selbst, dass man manchmal einfache Botschaften eben gerade nicht klar verständlich in Worte fassen sollte.

Für viele junge Politiker ist deshalb gerade meine Rhetorik ein großes vorbildhaftes Beispiel.

Also ich kann nichts dafür, dass der Transrapid jetzt doch nicht kommt. Wenn Sie sich einmal vorstellen, dass der noch während meiner Amtszeit nur 1,8 Milliarden gekostet hätte und jetzt über drei Milliarden kosten sollte.

Das ist eine Kostenexplosion von über 50 Prozenz in einem halben Jahr unter Beckstein. Da ist es kein Wunder, dass sich viele Bayern jetzt gefragt haben, wie lange können wir uns den Beckstein überhaupt noch leisten?

Aber was sind heute schon drei Milliarden, wenn der Steuerzahler, und damit ich, nun die Bürgschaft für die Bankenkrise übernehmen soll, die ja bekanntlich 500 Milliarden hoch ist! 500 Milliarden!!!

Das wären ja fast, äh, 144 mal zehn Minuten Fahrspaß, da könnten wir auf der einen Seite dann bis nach Frankfurt und auf der anderen Seite bis zur Wiesn. Und dann fragt man sich, ob wir Hessen dann nicht gleich übernehmen sollen!!! Und den Süden gleich bis an den Gardasee ausbaun.

Gerade jetzt, wo der Transrapid vielleicht doch niemals gebaut wird, müssen wir einfach eine Infrastruktur schaffen, die auch dem Münchner OB Ude gefällt.

Es müsste eine Technologie sein, die ihm intellektuell entgegenkommt. Irgendwas Praktisches, was er versteht und wovor er keine Angst bekommt.

Also wo er am besten gleich zu Fuß direkt zum Flughafen laufen kann! Oder, von mir aus auch mit einem Ochsenkarren!

Wir schaffen eine völlig neue Anblödung, äh, Anbietung, äh äh, Anbindung!

Wir lassen einfach München näher an den Flughafen heranrücken, indem wir die heutige Landeshauptstadt verlassen und direkt am Flughafen ganz neu aufbauen!

Ich könnte mir jederzeit vorstellen, mich mit meinem Namen an dieser neuen Hauptstadt der Bayern zu beteiligen. Praktisch, äh, meinen Namen für die neue Hauptstadt herzugeben, das wäre dann Edmund Stoiber City oder Ediopolis. Das wäre wenigstens ein angemessenes Geschenk an alle Bayern als Entschädigung für den verlorenen Transrapid.

Die neueste Variante bei der Flughafen-S-Bahn ist ja der Bier-und-Brezn-Service in den Waggons. Den gibt's tatsächlich! Das ist – wenn man so will – die Exzess-S-Bahn als konsequente Weiterentwicklung der ursprünglich geplanten Express-S-Bahn.

Man fährt zwar weiterhin eine Dreiviertelstunde vom Bahnhof zum Airport – glaubt dabei aber spätestens nach der vierten Halben, dass man auf Magnetschienen schwebt!

Das ist eine sehr kostengünstige und anwohnerfreundliche Lösung, der die Überlegung zugrunde liegt: Wenn schon die Züge nicht in einen Rauschzustand kommen, dann wenigstens die Fahrgäste. Ein Effekt, der sich mit Starkbier übrigens noch steigern ließe.

Ude, Christian

Ein weiteres und bis auf Weiteres ein letztes Mal hat die bayerische SPD ihre Hoffungen zusammengekratzt und einen Kandidaten in die Landtagswahl geschickt, der die besten Chancen von allen hatte: Christian Ude, geboren am 26. Oktober 1947 in München und dortselbst von 1993 bis 2014 Oberbürgermeister. Und einer der beliebtesten noch dazu: mit kabarettistischem Hintergrund und einer einprägsamen Sprechweise, kolossal langsam und prägnant, eine Freude für jeden Parodisten. Es ist nichts draus geworden. Hier eine Szene aus der Landtagskantine, als er noch hoffnungsfroher Kandidat war.

STOIBER: Mahlzeit, meine lieben Mitesser! Das ist ja schön, dass wir uns hier sehen. Also wir drei … und ich. So richtig Auge um Auge und Zahn um Zahn!

BECKSTEIN: Do hodder fei a weng recht, der Edmund! Und leider ist der andere AUCH da, der Leibhafdiche, do drüm hoggder, der Fregger …

UDE: … wobei diese sogenannte bayerische Landesregierung dafür gesorgt hat, dass sich Bayern rückwärts entwickelt hat! Wenn es so weitergeht, werden wir irgendwann beim Erkalten der Erdkruste angelangt sein!

BECKSTEIN: Da!! Er übt schon! O je o mei! Welch greulich Unheil dräuet uns!

SEEHOFER: Hasenfüße! Frühpensionierte Bedenkenträger! Ich, euer Ministerpräsident, sage euch: Lasst die Leute ruhig den Ude wählen!

BECKSTEIN: Horst! Du wissest nicht, was du sprichest!

STOIBER: Ist ein Arzt anwesend? Schwester! Tupfer! Machen Sie sofort eine Elektroholographie, der Patient redet irre!

SEEHOFER: O ihr Ungläubigen … Sie, Herr Ude! Hallo, Herr Nachbar! Kurze Frage: Was ist denn bitte Ihr zweiter Vorname?

UDE: Seltsam, dass Sie mich das fragen! Offenbar sind Ihnen die wirklich wichtigen Gesprächsthemen zu heikel. Aber ich kann Ihnen die Frage gerne beantworten: Ich heiße Christian Sigismund Ude!

SEEHOFER: Dankschön, Herr Nachbar! (Leise:) Da habt ihr's!

BECKSTEIN: Bidde … WAS genau hammer denn?

SEEHOFER: Stellt euch den Namen bitte abgekürzt vor! Die Initialen!

BECKSTEIN: Christian Sigismund Ude, das ist C. … S … – Mensch, Horst, du bist a Freggerla!

STOIBER: Ja, genau! Worum geht es denn bitte?

SEEHOFER: Und drum sag ich: Die Leute SOLLEN sogar den Ude wählen! Wir sagen einfach, der steht mit seinen Initialen auf dem Wahlschein! Die Wahl ist gelaufen! Auf den Sigismund!

BECKSTEIN: Auf den Sigismund!

STOIBER: Auf den Sigismund! Kurze Frage: Wer ist denn dieser Sigismund?

SEEHOFER: Das wird immer schlimmer mit dem …

Hier eine Wahlkampfrede, wie sie Christian Ude nie gehalten hat, aber von mir hat halten lassen. Vielleicht ein Fehler …

CHRISTIAN UDE: Ozapft is!!!

Sie werden sich vielleicht fragen, was will jetzt der Christian Ude hier bei uns. Das ist natürlich für ein Mitglied der bayerischen – Moment –

(schaut auf einen Zettel) SPD nichts Ungewöhnliches, dass die Menschen fragen: Was will der hier?

Aber wenn Sie fragen: Was will der Christian Ude hier, dann zeigt das, dass Sie mich kennen. Und damit bin ich der einzige Vertreter der bayerischen – SPD, den die Menschen mit Namen kennen!

Ich spreche heute zu Ihnen als zukünftiger Oberbürgermeister aller Bayern. Ich werde 2013 als Spitzenkandidat der SPD gegen den Ministerpräsidenten antreten.

Normalerweise nimmt man für so eine Kandidatur ja den Parteichef oder den Fraktionsvorsitzenden her. Und da machen wir jetzt einmal den Test: Wer weiß, wie der Vorsitzende der bayerischen (schaut auf Zettel) SPD heißt, bitte mal aufstehn …

Niemand? Ich weiß es auch nicht, aber ich habe es mir hier einmal aufschreiben lassen (schaut auf Zettel):

Florian Pronold.

Sehen Sie, deshalb habe ich MICH bereit erklärt zu kandidieren.

Ich komme aus der wunderschönen Landeshaupt-Weltstadt mit Herz, in der ICH seit dem Aushärten der Erdkruste als Oberbürgermeister im Amt bin. Mir wird ja immer vorgeworfen, dass ich selbstherrlich regieren würde. Und natürlich ist das Regieren für mich selbst herrlich. Aber ohne mich läuft ja überhaupt nichts. Ich habe die Stadt München erfunden und zu dem gemacht, was sie heute ist, eine Schickimickikulisse für superreiche Immobi- … Entschuldigung (schaut auf Zettel), eine lebendige Metropole mit Wohlstandsgarantie.

Schauen Sie sich die anderen Großstädte einmal an. Nehmen wir zum Beispiel Berlin.

Ganze Stadtteile unregierbar, tagsüber landet die Sozialhilfe in der Chipstüte oder im Drogenerwerb auf dem Pausenhof der Problemschulen, nachts brennen die Autos. So etwas wäre in meinem München nicht möglich. Wenn in Schwabing jemand aus linkem Neidreflex heraus ein Bonzenauto anzünden möchte, dann würde er angesichts des Überangebots an SUVs doch schier verzweifeln!

Da sieht er doch den X5 vor lauter Q7 nicht!

Und wenn jemand auf dem Pausenhof einer Problemschule Drogen verkaufen wollte, dann würde er von einer Horde wildgewordener Latte-Macchiato-Mütter mit zusammengerollten Übertrittszeugnissen erschlagen werden!

München, das ist auch das Münchner Oktoberfest. Ich bin ja bekanntlich der berüchtigste Anzapfer Bayerns. Ich habe die Zahl der Schläge beim Anzapfen ja bereits auf unter null reduziert. Bei mir kriecht der Wechsel ja vor lauter Angst von selbst in das Fass, bevor ich das Schottenhamelzelt überhaupt betreten habe!

Und da muss man sich natürlich fragen: Warum sollen nur die Münchner in den Genuss einer solchen Anstichlegende kommen? Muss man nicht um der Gerechtigkeit willen dafür sorgen, dass jedes größere Volksfest in Bayern von mir angestochen und damit eröffnet wird? Sollte ich nicht überall und jederzeit »Ozapft is« rufen?

Natürlich ist das nur ein Teil meiner Vision für Bayern. Denn wer mich kennt, der weiß, dass in meiner Brust nicht nur ein Herz für die Wiesn schlägt, sondern auch noch ein zweites für den S-Bahn-Tunnel.

Und jetzt wissen Sie, meine lieben Freunde, was meine Vision für Bayern ist: ein flächendeckendes Angebot ganzjähriger Volksfeste, zwischen denen man durch ein Netz von S-Bahn-Tunneln zügig pendeln kann, um mir beim Anzapfen zuzuschauen!

Das wird der Transrapid der Trunkenheit.

Ozapft is!!!

Veitshöchheim

Ein kleiner Ort mit fast 10000 Einwohnern in Unterfranken, am Main, bei Würzburg. Seit 1987 überregional bekannt durch die erfolgreichste Fernsehsendung des Bayerischen Rundfunks, »Fastnacht in Franken«.

In vielerlei Hinsicht erstaunlich. Fasching und Franken, das passt zusammen wie Köln und Diskretion. Der Bayer an sich tut sich mit organisiertem Frohsinn schwer, auch mit Verkleidungen, wenn sie nicht durch die Tradition vorgegeben sind. Im protestantischen Franken sind über viele Jahre alle Versuche eines Rosenmontagsumzugs gescheitert, von Prunksitzungen ganz zu schweigen.

Und ausgerechnet in Veitshöchheim etablierte sich der Faschingsknaller Süddeutschlands! Es war keineswegs so, dass da etwas langsam gewachsen wäre, eine Szene, eine verschworene Gemeinschaft. Nein. Die Veranstaltung wurde quasi fürs Fernsehen erfunden. Und auf der Bühne stehen keineswegs, wie in Mainz oder Köln, ortsansässige Narren, sondern aus ganz Bayern angekaufte Humoristen und Comedians.

Und im Publikum sitzt die Prominenz in aufwendigen Kostümen. Was in der Landtagskantine ausgiebig diskutiert werden muss.

BECKSTEIN: Hähähähä … lustdich wars … hähähähä …

SEEHOFER: Was lachst du denn so grenzsenil, Günther? Und warum hast du diese alberne Pelzmütze auf?

BECKSTEIN: Hähähä … des is doch immer noch mein Kostüm! Mit dem ich in Veitshöchheim war! Als böser Wolf!

STOIBER: Das lässt sich aber nicht mit dem höchsten Amt im Staat vereinbaren! Ein Bundespräsident als Faschings, äh, Dings … Kostüm!

SEEHOFER: Er meint nicht den Wulff, er meint den bösen Wolf! Der Kreide frisst und sich selber zum Essen eingeladen hat.

STOIBER: Also doch den Wulff!

BECKSTEIN: Hähähähä … und die Marga war das Rotkäppchen. Hab ich sie doch in ein Dirndl hineingebracht. Leider zu spät …

STOIBER: Und du, mein lieber Seehorster … Seehorst? Was war deine Verkleidung beim Fasching in Veitsbiburg? In … in … Burgnauheim?

SEEHOFER: Mein lieber Edmund, du bist mir ja in vielen Punkten Vorbild, und deshalb war MEIN Faschingskostüm dasselbe, das auch DU immer getragen hast, nämlich … nichts!

STOIBER: Ja, äh, um Gottes Dings! Hat das nicht einen Riesenaufstand gegeben? Der Ministerpräsident … so ganz mit nichts???

SEEHOFER: Ich hatte ja eine rosa Krawatte an.

STOIBER: Ah so! Naja … immerhin … Alles andere hätte es ja auch verletzt, das Dings … das öffentliche Ärgernis.

SEEHOFER: Hähähä … schad, dassd nicht da warst, Edmund.

STOIBER: Es war ein Kostemproblüm. Ein, äh, Kostümproblem. Ich wollte nicht als Seehofer gehen, und etwas anderes ist mir nicht eingefallen.

BECKSTEIN: Dann geh doch als Politiker! Im Känguru-Kostüm!

STOIBER: Wie, äh, als Politiker? Und als Känguru!

BECKSTEIN: Na freilich! Leerer Beutel, große Sprünge! Hähähähä …

1. Kegelmeisterschaft 2012
Rosenheimer Verlagshaus
2. Platz
Dance
Dance Dance
2012

Vergangenheit, die

In Bayern von größter Wichtigkeit! Wo die CSU regiert, geht es um Traditon und gewachsene Werte! Laptop ja, Lederhose ist wichtiger! Mehr dazu von unserem linguistisch-soziologischen Fachmann Dr. Dr. Edmund Stoiber.

EDMUND STOIBER: Meine sehr geehrten Damen und Ihre Begleiter, die aktuellen und die ehemaligen … ich möchte mit Ihnen heute über ein Thema reden, das uns allen auf den Nägeln liegt. An der Niere brennt. Über die Herzen läuft. Es geht um die letzten Tage der CSU.

Die letzten Tage der CSU waren geprägt von großer Dankbarkeit, Freude und Gemeinsamkeit. Aber, meine sehr geehrten CSU-Wähler innerhalb und außerhalb der Urnen – was gestern noch heute war, kann morgen schon von gestern sein. Verstehen Sie? Die Zukunft ist ein starker Gegner! Aber auch ein verlässlicher! Denn die Zukunft heißt Zukunft, weil sie verlässlich eines Tages auf uns zukunft!

Schauen Sie, es ist ja gewissermaßen so: Sie kennen ja bestimmt den berühmten Oscar-Preisträger Alfred Einstein. Ein großer Mathematiker und Physiker, der nebenbei sogar noch … wunderschöne Bilder … mit seiner Geige … gemalt hat … bevor er dann dieses Krankenhaus in Afrika gebaut hat.

Was ich Ihnen eigentlich damit klarmachen möchte: Die Gestaltung der Zukunft in Bayern darf man nicht der Gegenwart überlassen! Das muss ich Ihnen doch nicht groß erklären, Sie haben doch alle das große Latinum daheim in der Garage stehen, das merken Sie doch schon an der Grammatik. Im Deutschen gibt es drei Formen für die Vergangenheit, zwei für die Zukunft, aber nur EINE für die Gegenwart. Wenn das kein Alarmzeichen ist!

Ich sehe hier sehr viele Bildschirmschoner in den Gesichtern, deshalb darf ich Ihnen das kurz erläutern: Für die Zukunft, da haben wir in der deutschen Grammatik erst einmal die Zukunft, das sogenannte Futur. Das kennen Sie, oder? Aber zusätzlich haben wir auch noch das Futur II, das ist so gut wie neu, denn das wird ja so gut wie nie benutzt.

Gegenwart ist klar, da haben wir das Präsens, das kommt vor in so schönen Sätzen wie »Einigkeit und Recht und Freiheit für das deutsche Vaterland«. Da isolieren wir sofort das Verbum, und das lautet, äh, »für«. »Für« steht im Präsens, weil das ja klar ist. Ein Zustand, der andauert, obwohl er aus der Vergangenheit stammt und für die Zukunft gelten soll.

DREI Vergangenheitsformen, meine Damen und Dings! Bedenken Sie: drei! Das heißt, der deutschen Sprache lag schon immer die Vergangenheit mehr am Herzen als Gegenwart und Zukunft. Das muss uns doch zu denken geben! Was haben wir da für eine Auswahl! Perfekt! Imperfekt! Plusquamperfekt! In einigen Teilen Niederbayerns gibt es an die 20 Mischformen! In einigen Teilen der Oberpfalz unterhält man sich NUR in der Vergangenheit, weil da in der Gegenwart nichts passiert!

Und deshalb muss gelten: Die beste Zeit für die CSU – das ist die Vergangenheit! Das muss der Wahlspruch für den nächsten Parteitag sein! Es lebe der Rückwärtsgang! Alles zurück auf Anfang! Das dritte Jahrtausend geht nach hinten los!

Wenn Sie, so wie ich, immer das Ohr ganz nah am Puls der Herzen haben, dann spüren Sie, was los ist, draußen und drinnen in unserem

Vater- und natürlich auch Mutterland. Die Menschen sehnen sich nach ihrem Hinterteil! Also nach allem, was sie hinter sich lassen! Und da muss es die Aufgabe der CSU sein, hinter diesen Menschen zu stehen und alles aufzufangen!

Gegenwart und Zukunft schön und gut, aber die Basis für das Heute und Morgen ist das Gestern!

Nehmen Sie nur einmal dieses andere Klingeln! Das ohne Telefon! Wie heißt es gleich … Musik! Welche Musik hören denn heute die jungen Leute, die CSU-Wähler von morgen? Musik von gestern! Elvis, Beatles oder die vier Schweden von der Gruppe Addis Abeba! Sehr beliebt, das habe ich vor Kurzem im Radio gelesen, das ist das sogenannte »easy listening«. Das ist Englisch und heißt »leicht zu hören«. Noch gar nicht so lange her, da war James Last schwer zu ertragen, heute ist er leicht zu hören.

Wenn Sie zur Tankstelle kommen, erschrecken Sie nicht: Da kommt jemand auf Sie zu und sagt, er ist der Tankwart! Das kennen die Unter-50-Jährigen gar nicht mehr, die wundern sich, dass die Zapfsäule plötzlich sprechen kann!

Es ist eindeutig: Die Vergangenheit ist heute so lebendig wie in der Vergangenheit nicht! Schauen Sie sich die Liste der beliebtesten Urlaubsorte der Deutschen an: Plattensee, Bodensee, Rimini! Einige Archäologen haben schon erwogen, dort mit Ausgrabungen zu beginnen, dabei ist dort heute mehr los als 1955! Und die Sandalen sind immer noch die gleichen!

Vor Kurzem war ich nach langer Zeit wieder einmal im Supermarkt. Da gibt's immer weniger Personal, dafür gibt es – halten Sie sich fest – Rabattmarken! Kein Wunder, dass man da ungern hingeht, man fühlt sich ja sofort um 50 Jahre älter.

Dass es wieder mit Volldampf zurückgeht, das merken Sie ja auch an bestimmten Begriffen. »Internet-Portal«. Portal! Das Wort war 50 Jahre definitiv tot! Noch schöner: »Internet-Auftritt«! Wer hat denn heute noch einen Auftritt, von mir einmal abgesehen? Die Super-Mega-Konzerne sind »gut am Markt aufgestellt«! So wie vor 100 Jahren ein Gemüsestand.

Meine ehemaligen Damen und Herren, wenn jemand Experte für diesen Trend ist, dann die CSU! Und ich kann das alles gut verstehen: Wenn ich keine Lust mehr nach vorne habe, dann nehm' ich lieber rückwärts. Da war ich schon einmal, da kenn' ich mich aus. Weiß ich denn, ob es morgen noch ein Morgen gibt? Aber ich weiß, dass es gestern ein Gestern gegeben hat!

Unserem Ministerpräsidenten ruf ich zu: Lieber Horst, wenn du an der Spitze der Bewegung bleiben willst, dann führe uns in die Vergangenheit! Seehofer, mach uns den Strauß! Die Rabattmarken haben wir schon!

Waschbär, der

Was hat denn der Waschbär in einem bayerischen ABC verloren? Wenn schon ein Tier unter »W«, dann bitte der Wolpertinger!

So kann nur ein Nicht-Bayer denken. Denn, geschätzte Leser: Der Wolpertinger existiert nicht. Es gibt widersprüchliche Zeichnungen und Figuren, aber kein wissenschaftlich fundiertes Grundmodell. Aus gutem Grund: Der Wolpertinger wurde von findigen Tourismusmanagern erfunden, um ahnungslosen Gästen möglichst viele Nippesfiguren, T-Shirts, Tassen und sonstige Devotionalien zu verkaufen. Folglich ist der Wolpertinger als Touristennepp abzulehnen.

Wichtiger hingegen, und wir kommen auf das Ausgangstier zurück, ist der Waschbär. Eigentlich aus Nordamerika stammend, wurden einige Tiere nach Europa gebracht und dort ausgesetzt, vor allem in Bayern. Und jetzt sind sie da. Die größte Gefahr für Bayern seit Martin Luther.

BECKSTEIN: Schließet die Fenster! Verriechelt die Düren! Die Bestie ist da!

SEEHOFER: Jetzt hör auf zu hyperventilieren, Günther, was ist denn los?

BECKSTEIN: Bayern ist bedroht! Alle Pflanzen, Tiere, Menschen und sogar die Franggn! Der Feind ist da!

SEEHOFER: Wen meinstn jetzt? Die SPD, die Grünen, die Freien Wähler oder Schalke 04?

BECKSTEIN: Der Waschbär! 50 000 Waschbären gibt's bei uns, und sie werden immer mehr!

SEEHOFER: Das ist gut! Mehr Sauberkeit kann nicht schaden! Der Waschbär bleibt da!

BECKSTEIN: Aber der Waschbär verdrängt unsere heimischen Tiere!

SEEHOFER: Das ist schlecht! Schutz für den Wolpertinger! Der Waschbär muss weg!

STOIBER: Wenn ich mich da sozusagen … eine Lanze … in die Bresche … legen darf … Natürlich freuen wir uns, das ist gar keine Frage, freuen wir uns, und die Reaktion war völlig richtig, einen, äh, sich normal verhaltenden Bär in Bayern zu haben, äh, ja das ist gar net zum Lachen.
Nun haben wir, der normal verhaltende Bär lebt im Wald,
geht niemals raus und reißt vielleicht ein bis zwei Schafe im Jahr.
Äh, wir haben dann einen Unterschied zwischen dem normal sich verhaltenden Bär, dem Schadbär und dem, äh, Problembär.

SEEHOFER: Warum machst du dich denn jetzt zum Anwalt von so einem depperten Waschbärn, Edmund?

STOIBER: Nun, weil das ja klar ist! Ich bin ja schon von Kindesbeinen an – und ich hatte als Kind zwei, äh, Kindesbeine … von diesen Beinen an bin ich ein großer Türfreund. Tierfreund. Von Waschbären und von anderen Insekten. Ich habe sogar bei meinem letzten Autokauf ein Tier dazu erworben!

BECKSTEIN: Schließet die Fenster! Verriechelt die Düren!

SEEHOFER: Diese Franken machen mich wahnsinnig! Edmund, welches Auto, welches Tier?

STOIBER: Im Kaufvertrag war das eindeutig geregelt! Da war zu lesen: »Der Kaufpreis versteht sich inklusive eines Schiebedachs!«

Wiesn, die

Die Wiesn, benannt nach der Theresienwiese, ist der sprachliche Stolperstein für Nicht-Bayern. Wehe, er sagt, er gehe »auf die Wiese«. Und trinkt dort eventuell »ein Moaß«. Aus, vorbei, als Saupreiß entlarvt. Da hilft auch das beste Outfit nicht. Denn mittlerweile gibt es einen anspruchsvollen Dresscode, der sich jedes Jahr ändert. Die Türsteher an den Zelten lassen nicht mit sich handeln. Das war 1810 nicht anders, damals, bei der ersten Wiesn, als die Hochzeit von Kronprinz Ludwig und Prinzessin Therese am 12. Oktober gefeiert wurde. Zunächst war das nicht als wiederkehrendes Event gedacht, mauserte sich aber dazu. Heute kommen jährlich sechs Millionen Menschen, um festzustellen, dass ein Mordsgedränge herrscht und dass sie in keinem Zelt einen Platz finden.

Zur Wiesn sagt der Bayer ungern »Oktoberfest«. So, wie der Münchner ungern »Karlsplatz« zum Stachus sagt. Eine eiserne Regel besagt außerdem, dass der jeweilige Oberbürgermeister Münchens das Fass anstechen und dann die erste Maß dem Ministerpräsidenten reichen muss. Beschämend für beide. Horst Seehofer wollte es einmal ändern.

SEEHOFER: Am Samstag ist es so weit! Da werde ich das erste Fass der Wiesn anzapfen, dass es rummst!

BECKSTEIN: Horst, du vergissest dich! Das Oktoberfest eröffnet nicht der Minsterpräsent, sondern der Obümster!

SEEHOFER: Wenn dieser hergelaufene Ude glaubt, er könnte einen auf Ministerpräsident machen, dann mach ICH einen auf Oberbürgermeister! Am Samstag um zwölf, da zapf ich an!

STOIBER: Da sprichst du ein, äh, großes Wort … ausgelassen aus, mein lieber Seeadler. Die Tradition des Anzupfens … des Umzackelns … also des Hineinzapfens geht ja gewissermaßen zurück auf die Kelten, die haben schon angezapft, als es noch gar keine Fässer gegeben hat. Die sind erst sehr viel später erfunden worden, weil sonst das Anzapfen ja gar keinen Sinn gehabt hätte. Wenn Sie verstehen, was ich verzapfe …

BECKSTEIN: Mir Franggn, mir senn ja eher a weng Weindringger, da braucht ma des Zapfn gor net so … Obba so a Fässla, des deed i aa gern amoll aweng anstechn.

SEEHOFER: Ich hab eines zum Üben mitgebracht. Ein volles Fass mit Wiesnbier! Edmund, magst probiern, hehehe …?

STOIBER: Na dann gib ihn einmal her, den Zapfgockel.

SEEHOFER: Zapfhahn heißt der! Los, Edmund, zeig, wie schlagfertig du bist.

(Es ertönt ein mickriger Schlag.)

BECKSTEIN: Hehe. Der haut einfach dem Fass aaans aufn Kopf nauf. So kummt do ja nie a Bier raus! Gibb amoll her, des Hämmerla!

(Er ertönen ganz viele schnelle, zaghafte, leise Schläge.)

SEEHOFER: Das ist ja ein Elend! Kraftlos wie die SPD ohne Hannelore! So, Freunde des Oktoberfestes, jetzt schaut einmal her, wie man das RICHTIG macht!

(Ein lauter Schlag, dann das Geräusch einer Flutwelle.)

BECKSTEIN: Allmächt naa! Der haut ja des ganza Fässla kabudd! Horst, schauner noo, da läuft ja des ganze Bier naus!

SEEHOFER: Ja und? Soll's vielleicht drin bleiben? Wenn ICH ein Fass aufmache, dann bleibt kein Auge trocken, hehehe …

Wie sich ein Wiesnbesuch wirklich abspielt, in allen seinen Ausprägungen und seinen wenigen Licht- und üppigen Schattenseiten, das entnehmen Sie einer Schilderung aus dem wahren Leben des Schorsch Scheberl. Hinweis: Dieser Beitrag ist für preußische Jugendliche unter 16 Jahren nicht geeignet.

SCHORSCH SCHEBERL: Also des muas i jetzt amoi sogn. Weil des is echt a Witz.

Wart's ihr des Jahr amoi auf dera Wiesn?

Ha! Da wennsd ma ned gehst!!

Die Wiesn! Ha! Dass i ned lach.

Oder überhaupts in einem Bierzelt. Des is ja nimmer, wie's früher amoi war, so mit, äh, Ding nen.

Also I war mit am Sepp und am Scheißl auf der Wiesn. Weil unsere Weiberleit warn auf am Wellness-Wochenende. I sag immer: Endlich amoi a Ruah dahoam.

Und ned immer nur Ding …

Nacha san mia scho um achte in der Fruah in wehrhafter Tradition ausgruckt zur Vernichtung von a Paar Maß, zwoa Hendal und vielleicht no an Schnapsal oder zwoa.

Und dann san mia scho um neine drinna gwen.

Na ham's aber glei nach uns zuagschperrt. Dabei ham mir leider den Sepp verlorn, weil er hat ja scho auf der Fahrt drei Hoibe drunga … zwischen Holzkirchen und Otterfing, und des is scho a Kunst, weil des san nur 13 Minuten Fahrt.

Wurscht. Nacha ham mir uns an an freien Plotz hi gsetzt. Dann sann a paar Mäderl mit ihre Mander kemma. Na war's glei nett. Na ham die Weiber an Aperol bscheilld.

An Aperol, und die Manner ham alle an Kaffe woin, weil sie miassn no fahrn, weil ihre Weiber so sauffa.

An Aperol! An Aperol. Da wennsd ma ned gehst, mit am Aperol. Des schmeckt ja, wia a Duftstein aufm Männerpissoir riacht.

An Aperol! Des is so a neimodischa Schmarrn, vo die Italener! Den verkaffas blos, weils den selber ned sauffa woin. Den oraschn Zuckerpapp!

An Aperol. Und de Mander an Kaffe. Weils eana bsuffana Truschn hoam fahrn soin. Ja, des is doch eine verkehrte Welt!

Kaum drei Maß später woid der Scheißl was zu mia sogn. Aber i hob an nimmer verstandn, weil dann sann die Weiberleit scho auf der Bank gstandn und ham epilektrische Anfälle ghabt. Sie ham aber gsagt, des war nur, weil's ses Fliagalied tanzt ham. Und die Männer ham ihrn Kaffee ge-ext. An Kaffee ge-ext.

Ja, leck mich doch am Arsch, armes Deutschland woid i zum Scheißl sagn, aber der hat mi ned verstandn, weil die Musik hat vielleicht 300 Dezibel ghabt. I war ganz dos-ohrad.

Und mit dene Weiber … is a bei der fünften Maß nix mehr zsammganga, weil die ham immer so Fotos gmacht beim Aperol speibm und des dann glei ins Fakebook gschtellt.

Ins Fakebook! A jede Sau is jetzt im Fakebook.

Da hams übern Tisch SMSn gschickt, weil Du im Zelt nix mehr verstanden hast, vor lauter Alice Alice Hodensack die Alice!

Des hams dann glei wieder im Zwitter gepostet.

Und die Männer ham a Bier trunka und koan Kaffe ge-ext. Und dann hat ma gschunkelt und a Gaudi gmacht. Und beim Schunkeln war ma froh, weil ma so a Weiberleid as erschte moi richtig ogrembbet hot. Und wenn sie dann zruckgrempet hod, na hat ma gwusst: mia zwoa kehrn zsamm. Und des hat ma nacha glei no hinterm Bierzelt erledigt. Mia ham ja frira nix ghabt.

Koan Aperol und koane bsuffane Weiber und koane Handys.

Mei war des schee!

Aber dem Scheißl und mir war des dann wurscht, mir ham die zehn Mass no voi gmacht und sann dann naus, es erschte Mal zum biesln und wida hoam.

Und des war unser Wellness-Wochenende-Männer-Programm.

Xundheit, die

Wer glaubt, die Schreibweise sei ein billiger Trick, um den Buchstaben »X« zu bedienen, der irrt. In Bayern schreibt sich die Gesundheit so, und damit ist jetzt einmal eine Ruh da herin!

Der Bayer lebt von Natur aus xund, weil er's nicht anders kennt. Genmanipulierte Lebensmittel sind ihm fremd, weil er's ja nicht weiß. Hin und wieder erschüttern diverse Skandale das schöne Bayernland, vom Gammelfleisch im Leberkäs bis zum Pferdefleisch in der Lasagne. So langsam merken die Politiker: Es muss sich etwas ändern. Zumindest in der Landtagskantine.

SEEHOFER: Servus Männer! Freunde! Kampfgefährten! Habt ihr Ostern gut hinter euch gebracht? Ihr habt alle zwei so einen ondulierten Blick?

STOIBER: Keineswegs, mein lieber Dings! Beziehungsweise quasi letzten Ende also gewissermaßen doch! Die Osterzeit ist ja die Zeit von Lei und Amm. Von Aa und Leim. Von Ei und Lamm. Und dann kommt natürlich auch der andere, der Dings! Mit den Löffeln! Der Osterdings! Der immer die Lämmer versteckt!

SEEHOFER: Ich merke schon: Es hat sich NICHTS verändert. Und bei dir, Günther? Sprich zu mir, aber benütze bitte auf hundert Kilometer mindestens zehn harte Konsonanten!

BECKSTEIN: No freili, hadde Konsonandn, bidde ser, machmerglei, dangge für den Dipp!

SEEHOFER: Diese Franken machen mich wahnsinnig …

BECKSTEIN: Die Marga hat gsacht, in der Fasdnzeit gibt's ka Fleisch. Und so hobbi mi die ganze Zeit ernährt vo Fischstäbchen. Daaaach und Nachd! Wor fei scho a weng orch …

STOIBER: Aber wieso denn, mein lieber Backstein? Fischstäbchen sind ein gesundes Naturprodukt! Aus reinem Fisch und aus reinem Stab! Ich habe in meiner aktiven Zeit den Anbau von Fischstäbchen in Bayern sehr gefördert! Und noch heute zeugen die großen Fischstäbchen-Plantagen in der Holledau von meinem Meerblick! Weitblick!

BECKSTEIN: Ja scho! Aber ich bin Opfer gwoddn! Eines Lebensmiddlskandaals! In denna Fischstäbchen – da war Pferdefleisch drin!

SEEHOFER: Unsinn! Pferdefleisch ist völlig out! Der nächste Gesundheitsskandal ist wieder eine Grippe mit einem Tiernamen. Das war schon immer so! Kaum ist die Weihnachtskrippe weg, ist die Vogelgrippe da.

BECKSTEIN: Scho mööchlich. Aber ich schwörs fei a weng: In den Fischstäbchen war Pferdefleisch drin!

STOIBER: Aber jetzt hör dir doch bitte selber einmal bei deinem Fränkisch zu: In einem FISCH-Produkt kann doch kein Fisch sein! Fleisch mein ich natürlich! Wie soll denn … letzten Endes … das PFERD in das Stäbchen kommen?

BECKSTEIN: Noja … vielleicht kommts vo die Seepferdchen …!?

Von Edmund Stoiber weiß man ja vieles nicht. Zum Beispiel, dass er eine große Leidenschaft fürs Kochen hat. Bekannter ist da schon sein Bekenntnis zu Europa. In einer Folge von »Grünwalds Freitagscomedy« wurde das Angenehme mit dem Nützlichen verbunden.

(Edmund Stoiber steht im Anzug, aber mit einer Kochschürze in einer Teeküche.)

EDMUND STOIBER: Hier ist der Ministerpräsident des ehemaligen Stoiber, Sie sprechen mit Edmund Bayern …

Es heißt ja, viele Köche zerreden das Ei. Äh, der Brei vernichtet viele Köche, und deshalb bin ich, äh, hier ganz alleine.

Heute bin ich mal ganz privat, denn heute folgt die Fortsetzung vom berühmten Frühstück von Hausratswolfen, äh, Ratswolfhausen, äh, Wolfratsdings: das perfekte, äh, Dinner.

Ich habe schon alles hingerichtet: Die Kerzen ins Wasser gestellt und die Blumen angezündet, den Ofen gefaltet und die Servietten erhitzt.

Es gibt natürlich bei mir lauter Europa, äh, Schmankerl: Dioxin-Eier, BSE-Rinder, Antibiotika-Hühner, EHEC-Sprossen, und dazu einen guten Tropfen aus meinem Weinkeller: echter Glykolwein aus dem Jahre 1985.

Ich möchte nämlich nachweisen, dass die ganzen Lebensmittelskandale der letzten zwanzig Jahre alle viel zu hoch kastriert werden, äh, sterilisiert.

Wir würden in der EU viel Bürokratie sparen können, wenn wir lernen, mit angeblich »vergifteten« Lebensmitteln richtig umzugehen.

Denn ob man diese, äh, essen kann, ist alles eine Frage der richtigen Zubreimachung, äh, Zubreitung. Wenn Sie Salat lange genug kochen … oder Problemwein ultrahocherhitzen …

Verstehen Sie, Sie brauchen also zur Abtötung im Ofen einfach eine glodernde Lut. Lodernde Glut.

Ich habe hier das neueste Modell eines Ofens da: Der glüht mit recycelten Brennstäben eines echten bayerischen Atomkraftwerkes … (Zwinkert verschwörerisch in die Kamera:) Von wegen »wir wissen nicht, wo wir mit dem Atommüll hinsollen«. Der kommt demnächst zu IHNEN nach Hause, mit diesem Ofen: Er ist noch in der Versuchsphase. Aber ICH habe den natürlich schon in der Küche stehn.

Also wir legen jetzt die Mutanten, äh, Zu-Tanten, äh, Zutaten in den Tatort und schon geht's los (wirft ausschließlich verpackte Lebensmittel mit Eiern, auf deren Schale ein Totenkopf prangt, in einen herkömmlichen Backofen, auf dem sich ein gelbschwarzes Radioaktivitätskennzeichen befindet, und gießt den Rotwein drüber):

Jetzt warten wir zehn Minuten und können transrapid, äh, ganz rapid direkt aus den Ofen genießen … Ein Spaß für die ganze Familie.

(Es raucht bedenklich aus dem Ofen, Stoiber reagiert zunächst überlegen.)

Keine Sorge, das ist ganz normal. (Wir sehen, wie Stoiber nun doch kurz in den Ofen sieht und nach einem kurzen Knall mit rußigem Gesicht und zerzausten Haaren wieder hervorschaut, einen Teller mit irgendeinem schwarzen Brei in der Hand.)

Sie sehen, der Kampf gegen die EU-Bürokratie fordert vollen Einsatz. (Stoiber probiert und fällt aus dem Bild)

Zuagroaster

Der durchschnittliche Bayer reagiert den Zugereisten gegenüber gelassen. Solange sie ihn in Ruhe lassen und ihn beim gemeinsamen Schweigen am Stammtisch nicht stören. Die Flüchtlinge an den bayerischen Grenzen werden freundlich aufgenommen, es sind letzten Endes alles Preißn, nur in diesem Fall halt aus dem Süden.

Unser Freund Schorsch Scheberl, ein ausgewiesener Freund der Zuagroasten, hatte einmal einen heiklen Fall zu erledigen. Er wurde gebeten, eine Beerdigungsrede zu halten. Der Verblichene war nicht von hier …

SCHORSCH SCHEBERL: Liebe Trauergemeinde, lieber Herr Bürgermeister, liebe ehemalige Starkbierkönigin. Ganz besonders freuen wir uns, dass auch Sie, Herr Pfarrer, heute Zeit gefunden haben, um diesen Anlass zu … also quasi … gestalten, auch wenn er nicht halb so freudig ist wie letzte Woche, wo Sie unter lebhafter Anteilnahme der Dorfbevölkerung den neuen Schlauchaufroller unseres Feuerwehr-Einsatzwagens Zwo gesegnet haben.

Wurscht, es kann im Leben nicht immer nur bergauf gehen.

Wie das Schicksal des bedauernswerten Verstorbenen beweist.

Ich freue mich, dass auch die Witwe des Hinterblichenen heute hier sein kann. Alle unsere guten Wünsche sind bei dir, liebe … liebe … (fragt in die Runde:) Wie hoaßt's? – Manila? – Venezuela? – Ah, Manuela! … sind also bei dir, liebe Manuela, sowie bei deinen drei Söhnen (blinzelt in die Richtung) … sowie bei deinen beiden Söhnen und deiner Tochter … ja gut, hehe … ich hab sie jetzt für einen Sohn ghalten hehe … also bei deinen Kindern.

Wir nehmen heute Abschied von einem Mann, mit dem ich gut befreundet war, obwohl ich ihn kaum gekannt habe. Als Gedächtnisstütze hat mir die Familie einen kleinen Zettel mit Stichwörtern … (er tastet an sich herum und findet nichts) – aber wer braucht eine Gedächtnisstütze bei einem Mann, der sich tief in das kollaterale … in das kollaterale Gedächtnis von uns allen und ganz besonders von mir … hinein … geprägt … hat.

Er wird eine große Lücke hinterlassen, und wir werden niemals seinen Namen vergessen!

Du lebst in unseren Herzen weiter, lieber, äh, wie hoaßt er …

(hört in die Runde)

… du lebst in unseren Herzen weiter, lieber …

… naa, i will net den Beruf wissen, den Namen brauch i!

Ach so, der HOASST so … !???

Du lebst in unseren Herzen weiter, lieber Dankwart!

Heute haben wir uns nun an deinem letzten kalten hölzernen Bett versammelt, hergestellt von der Schreinerei Wimmerle, »Ihre Schreinerei fürs Leben«. Sie war es, die vor 30 Jahren die Schrankwand in meinem Wohnzimmer hergestellt hat, aus echtem Oberpfälzer Mahagoni! Auch wenn die rechte Tür von Anfang an ned gscheid zuaganga ist, so war es doch ein Miststück, äh, ein Meisterstück handwerklicher Präzisionsarbeit! Hut ab!

Und in so einem liegst du nun vor uns, mein lieber … (lässt sich helfen) … Dankwart.

Vor einem halben Jahr bist du zu uns in unsere Mitte gestoßen, aus Niedersachsen-Anhalt … äh … Mecklenburg-Vorpolen.

Herzlich haben wir dich aufgenommen, dich und deine liebe Frau Vokuhila und deine zahlreichen Söhne. Wäre dir mehr Zeit geblieben, lieber, äh, Dankwart … so wärst du sicher Mitglied geworden in einem unserer 30 Vereine und in unserem Ortsverband. So aber wurdest du dahingerafft, von einem schweren Schicksal in Form eines Belarus SÖDER 50 mit angehängtem Miststreuer mit Exakt-Streu-Aggregaten. Ausgerechnet du, lieber Dankwart aus dem Osten, wurdest vom billigsten Traktor unserer Gemeinde hingerichtet. Einem Russentraktor, einem Belarus SÖDER 50. Vom Rauschhofer Gerhard.

(Drohend:) Und wenn da so ein paar Dorfratschn meinen, der Rauschhofer Gerhard sei letzte Woche nicht in der Lage gewesen, seinen Belarus über die Kreuzung zu fahrn, nur weil er vorher beim Gruber-Wirt acht Jägermeister zu sich genommen hat – der griagt von mir persönlich eine Fotzn, dass er bis zum nächsten Starkbieranstich sei Mei nimmer aufbringt.

(Immer lauter:) Ich persönlich war anwesend, als beim Maibaumaufstellen 1988 der Rauschhofer Gerhard MIT seinem Traktor AUF seiner Schaufel NACH achtzehn Jägermeistern die gesamte Tigergruppe vom Kindergarten St. Augustiner VOM Dorfplatz ZUM Waldspielplatz gefahren hat. Des san sieben Kilometer! Nachts und ohne Beleuchtung!

Und nicht EIN Kind war dabei, das NICHT an Ort und Stelle ein Pflaster aus dem ordnungsgemäß mitgeführten Erste-Hilfe-Kasten vom Rauschhofer Gerhard bekommen hätte!

Und so einer soll bei der Kreuzung eine rote Ampel überfahrn ham?

(Wieder mit Contenance:)

Liebe Hintergangenen. Die Landwirtschaft ist nun einmal das Rückgrat der Wirtschaft in unserem geliebten christlich-alpenländischen Heimatland. Und wo gehobelt wird, fallen Späne. Mir tun diese Späne von Herzen leid, das musst du mir glauben, liebe Vuvuzela. Du und deine drei Späne, denen man den Stamm entrissen und in bitterste Seelennot … hinein … gestoßen hat. Netwahr.

Ich möchte in diesem Zusammenhang aber auch an die Seelenqualen von unserem armen Rauschhofer Gerhard erinnern!

Ein Mann, der noch nie einer … Hyazinthe … einen Flügel ausgerissen hat! Ein Vereinsbruder! Ein verdienter zweiter Fördervereinsbruder vom Förderverein zum Erhalt des Waschbetonkübels in Gedenken an den Besuch von FJS! Unbescholten, mit einer reinen Weste unter seinem goldenen Herzen! Einer, der sich nie hat etwas entschuldigen lassen! Der nie im Gefängnis war! Und wenn, dann nur wegen einer Kleinigkeit!

Und wenn ICH dann meinen alten Vereinskameraden Harald anruf, der es vom Einödhof in Hinterstrabanzendorf bis zum Staatsanwalt gebracht hat, und wenn ich dann sag, Harald, geh weiter, ihr habt so viel zu tun, jagt lieber die RICHTIGEN Verbrecher! Hände weg von unserem Rauschhofer Gerhard!

Dann, mein lieber Trauerverein, ist das eine Steuerersparnis! Weil nicht ermittelt werd in einer Angeekeltheit, wo das Ergebnis schon vorher feststeht!

Das würde ja ausgehen wie das Hornberger Schützenfest! Reine Verschwendung der öffentlichen Hand! Das hat der Staatsanwalt Harald sofort eingesehen, und aufgrund dieser Einsicht sind die Akten jetzt unauffindbar.

Und das Grundstück, das der Harald dann bekommen hat, gleich neben dem Gefängnis, damit er sich da ein bescheidenes Häuserl bauen kann – das war nur MI-NI-MALST unter dem Marktwert! Außerdem hat er von dort immer seine frühere Kundschaft im Auge.

Und wer mir DARAUS einen Strick drehen will, dem versprech ich: An SEINER Beerdigung halte ICH keine Rede! Saubande, elendigliche!

Nachwort

Bayern von A bis Z! Wenn Sie das Buch aufmerksam studieren und vor allem großzügig weiterverschenken (nur neu gekaufte Exemplare bitte!), dann werden Sie und alle anderen Nichtbayern das System Bayern besser verstehen.

Zum Auswendiglernen wird jetzt noch einmal das Wichtigste in gereimter Form zusammengefasst. Vorsicht! Dieses Gedicht kann jederzeit abgefragt werden! Seien Sie auf der Hut!

Hört, ihr Leut', und lasst euch sagen,
was nicht allen ist bekannt
über Sitte und Betragen
hier bei uns im Bayernland.

Nicht abstrakt und theoretisch,
sondern praxisorientiert
werdet ihr streng alphabetisch
über Bayern informiert.

Das »A« soll für Amigo stehen,
so fährst du gut im Bayernland!
Und du bleibst sauber, du wirst sehen:
denn eine wäscht die andre Hand.

»Bier« und »Brezn« wird man kennen!
Für's »B« in Bayern vieles steht!
Auch »Bestechung« kann man nennen –
wenn's ums Tätowieren geht.

»C« wie Chaos, wie cholerisch –
davon sind wird hier nicht arm!
Dem Land geht's besser atmosphärisch
mit meiner Chuzpe, meinem Charme!

»D« wie Dirndl ist für Bayern,
was für Schotten ist der Kilt.
Beides ist erst recht zu feiern,
wenn es bestens ausgefüllt.

»E« – das steht für erzkatholisch!
Immer treu und ehrlich sein!
Manche nehmens nur symbolisch.
Beispiel fällt mir keines ein.

»F« wie »Flug« und »F« wie »Freising«,
da, wo unser Hafen steht.
Da ist's manchmal sehr surprising,
wenn drei Stund nix weitergeht.

»G« – das ist bei uns der Grantler.
Einer, der nur mault und murrt.
Früher gabs dafür den Tandler,
heute ist's der Chef, der knurrt.

Das »H« – das steht für »Hofbräuhaus«,
da fliegen rasch die Funken!
Vor Freude ruft der Preuße aus:
»Eins – zwei – getrunken!«

Das »I«, das ist im Bayernland
Der Markenkern an sich.
Ist Fundament und Sachverstand,
denn dieses »I« bin ich.

Für »J«, da wäre hier zu sagen
der große Wildschütz Jennerwein.
Er wollte stets das Rotwild jagen
Und wird mir immer Vorbild sein.

Das »K« wie Käs passt allerorten
zu Bier und Brot. Ihr habt die Wahl:
In Bayern isst man gern die Sorten
aus Camembert und Emmental.

Der Leberkäs ist Namensgeber
für das »L«. Doch habt im Sinn:
Nicht ein Hauch von Käs und Leber
ist im Leberkäse drin!

»M« bedarf zwei Mal der Ehrung –
darauf haben Bayern Bock!
Denn es braucht für die Vermehrung
er die Muskeln, und sie den Minirock.

Das »N« liegt in der Kuchl draußen,
und manche Frau ist darauf stolz:
Sie bekämpft so manche Flausen
mit ihrem alten Nudelholz!

Wer »O« sagt, muss auch »-batzter« sagen,
das ist keinem Bayern neu.
Doch hilft das »O« auch, um zu klagen.
Sag nie »O Gott!«. Sag stets: »O mei!«

Unser »P« betrifft die Füße:
die Pantoffeln, warm und schön.
Weib, bringst du ihm abends diese,
wird ER bald schon drunter stehn!

»Q« – das steht für »Quarantäne«
und für Quark und Qualm und Qual.
Ich schlag vor: Das wenig Schöne
überspring ich einfach mal.

Das »R« gilt es jetzt zu besetzen.
Das »R« wie Rindvieh, Ochs und Kuh.
Man findet es an allen Plätzen,
ich fürcht, auch in der CSU.

Eine »Sau« ist auserkoren
für das »S«. Man sagt zu dir
»Sauhund«, wenn du hier geboren,
»Saupreiß«, wenn du nicht von hier.

»T« soll für Theater stehen,
denn Kultur ist angebracht!
Besser ins Theater gehen
als wenn's im Landtag jemand macht.

Das »U« am Anfang ist entbehrlich,
das »U« am Ende ist der Clou!
Denn gibt es etwas, sind wir ehrlich,
das schöner klingt als »CSU«?

»V« verheißt zu allen Zeiten
viel Vergnügen und viel Glück.
Möge beides uns begleiten
genauso wie die Volksmusik.

»W« wie Wunder! Hofft im Stillen,
dass sie werden wahr geschwind.
Wie: dass Männer Teller spülen
oder Frauen pünktlich sind.

Noch kennt ihr die ganzen Tricks nicht,
doch fangt an und übt sie schon.
Doch ein Wort weiß ich zum »X« nicht,
und auch nicht zum Ypsilon.

»Z« heißt »zwider« – das gilt ewig
dir, Berlin, wenn du auch drohst!
Auf den Freistaat, ja, da heb ich
meine Mass und sage »Prost!«

Weitere Bücher von Wolfgang Krebs

Nur Bayern im Kopf!
Wolfgang Krebs

256 Seiten
ISBN 978-3-475-54438-5

Er kennt sie alle, er parodiert sie alle … Keiner ist sicher vor dem Kabarettisten Wolfgang Krebs. In seinem ersten Buch führt er den Leser durch die vielen Zimmer in seinem Kopf – und in jedem wohnt ein Bayer! Die parodistische Dreifaltigkeit der bayerischen Ministerpräsidenten Stoiber, Beckstein und Seehofer machte ihn bekannt. Dazu gesellten sich zahlreiche weitere Persönlichkeiten wie Markus Söder, Schorsch Scheberl oder Waldemarie Wammerl. Auf höchst amüsante Weise erfährt der Leser, wie Wolfgang Krebs zu all seinen Figuren gekommen ist. Er schildert, wie sie sich in ihm breit machten, wie sie denken und reden und was Krebs so alles mit ihnen erlebt hat. Nach dem Lesen, so viel ist sicher, haben auch Sie …
… nur Bayern im Kopf!

Das Guglhupf Wunder

Wolfgang Krebs / Stefan Fuchs

256 Seiten

ISBN 978-3-475-54523-8

Das Wunder von Zeislhöring! Die Mutter des Bürgermeisters ist auf dem kleinen Berg »Guglhupf« unglücklich auf einer Betonplatte ausgerutscht und bewusstlos liegengeblieben. Da ist das Unglaubliche geschehen: Alle ihre Leiden waren verschwunden! Dem Bürgermeister kommt die Idee: Die Betonplatte muss magische Kräfte haben! Er ruft sofort eine große Werbekampagne ins Leben, um Zeislhöring als Wallfahrtsort bekannt zu machen – schließlich braucht er Geld. Doch die Nachbargemeinde macht ihm Konkurrenz. Dort handelt es sich um einen Kuhstall, der eine heilende Wirkung haben soll. Ein Streit zwischen den beiden Ortschaften entbrennt. Wer kann diesen Wahnsinn stoppen?

www.rosenheimer.com

Das Coverfoto sowie die Fotografien im Innenteil stammen von Evi Gröning.

Satz und Lektorat: VerlagsService Dietmar Schmitz GmbH, Heimstetten
Scan und Bildbearbeitung: Dieter Stragenegg, Kolbermoor
Druck und Bindung: FIRMENGRUPPE APPL, aprinta druck, Wemding
Printed in Germany

ISBN 978-3-475-54525-2